想いが幕を下ろすまで

胡桃沢狐珀の浄演

松澤くれは

集英社文庫

C O N T E N T S

＊
想いが幕を
下ろすまで
胡桃沢狐珀の浄演
＊

*

PRAY.01
「幕が上がらない？」

於：シアター・バーン

*

志佐碧唯《しさあおい》、二十二歳。

職業は女優。

……そう名乗れる日が、ついにやってきた。

初めて降りた駅、初めて歩く道のり。気を抜けば身体《からだ》が浮かび上がりそう。スニーカーで一歩ずつ踏みしめながら、碧唯は足早に前進する。

真剣な面持ちを意識した。それでも頬は緩んでくる。大きく息を吸い、はしゃぐ心に落ち着きなさいと促した。遊びじゃない。仕事に行くんだ。何度も自分に言い聞かせる。

昨夜は明け方まで眠れなかった。

無理もない。どれだけ待ち侘《わ》びたことだろう。初めてチャンスが巡ってきたのだ。

ここからスターへの道が開かれる！

芸能事務所に所属して一年。大学を卒業して半年。朝ドラに大河ドラマ、月9に火10、スーパー戦隊に仮面ライダー、ことごとく碧唯はオーディションに落ちた。それも実技審査前の一次書類選考で。写真と簡単なプロフィールだけで弾《はじ》かれるほどの狭き門……確かに自分は千年にひとりの美少女ではないけれど、身長も低いし芋っぽい丸顔だし両頬にそばかすがあるけれど、見ようによっては愛嬌《あいきょう》があるというか、いいところまでは勝負できると思っていた。恥ずかしながら根拠もなく。

でも駄目。どこにも目をかけてもらえない。

華々しいデビューを飾る予定は早々に挫《くじ》かれ、今度は手当たり次第に映画のオーディションを受けてみる。やはり結果は不合格の嵐。何度かエキストラ枠で拾われたものの、立っているだけの群衆や、歩いているだけの背景ばかりで、モブ役のアルバイトではセリフ一つもらえなかった。なかなか連絡の取れないマネージャーに泣きついて、どんな小さな企画でも、どれだけ端役でもいいから仕事をくださいと懇願したところ、ちょうど知り合いの舞台で欠員が出たと知らされ、碧唯は二つ返事で代役を引き受けた。

それが昨日のこと。朝十時に劇場へ行くように言い渡され、今、まさに碧唯は向かっている。そんな次第であった。

赤信号に気づいて、慌てて立ち止まる。九月らしい秋晴れの日差しが頬を温める。

舞台か。これまで考えてもみなかった。

ドラマや映画に出ることで頭がいっぱいだったし、演劇には馴染《なじ》みがない。二十二年の人生で舞台を観《み》たのは三回ばかり。小学校のときに体育館にやってきた子ども向けミュージカルと、高校のときに演劇部がやった不条理なコメディと、大学のときに招待券を偶然もらった劇団四季の『ライオンキング』。舞台に対するイメージは漠然としており、昨日、事務所からの帰りに『舞台に立つあなたへ』『演劇用語の基礎知識』という二冊を書店に立ち寄って購入、深夜までかかって目を通した。ユーチューブで演劇入門系のチャンネルも倍速で流しながら。どれだけ身になったか定かではないが、何もしないよりはマシだろう。現場に行けばどうにかなる。経験がないなら体験すればいい。これは碧唯の、座右の銘。

信号が変わる。横断歩道を渡りながら、ステージに立つ姿を思い描いた。眩《まぶ》しいスポットライトに照らされて、優美なクラシック音楽が流れるなか、何千人という観客を魅了するのは新進気鋭の若手女優・志佐碧唯。また表情筋が緩んでしまう。輝かしい人生の幕開けは近い。記念すべきキャリアの第一歩が、間もなく到着する劇場からはじまるのだ！

「……道、合ってる？」

不安になって足を止めた。スマホで地図を確認すると、もうすぐ着きそうで、もう少しかかりそうな現在地が表示される。三十分は歩いた。駅前の賑《にぎ》わいから遠ざかり、人気もなくなって民家が増えた。寂しげな雰囲気すら漂っている。

浮かれきった心持ちは萎《しぼ》んで、不安が膨らむ。

劇場というからには荘厳なエントランスが出迎えるはず。のどかな視界の先に、そんなものは現れそうにない。

碧唯は走り出す。スマホに目を落としたまま、移動する青い点が赤いピンに近接したところで、顔を上げる。

灰色の、小さな四角い建物。

壁が黒ずんでいる。廃ビルみたい。劇場なんて見当たらない。

やはり住所が間違っていたようだ。もっと早くマネージャーに電話するべきだったと、脂汗が噴き出てくる。急いで駅に引き返しても二十分はかかる。どうしよう。頭がぐるぐるして考えがまとまらない。初仕事で遅刻だなんて、デビュー前の新人として、あるまじきことじゃないか。いやでも逆に、いつか大物女優になった暁には、トークで話せるおいしいエピソードかも。そんなわけあるか。この遅刻一つで、輝かしい将来設計が頓挫しかねない……！

ふと、掲げられた看板が目に入る。

町工場の名前でも書いてありそうな、古めかしい色褪《いろあ》せた縦型看板。

「嘘《うそ》だあー」

思わず笑ってしまう。語尾のほうは呻《うめ》き声《ごえ》に近い。

シアター・バーン。はっきりと、劇場の名が記されていたものだから。

仕事先は、初めて見る世界だった。

夢見た光景とは程遠い。素っ気ない鈍色《にびいろ》のドアを開けると、赤い絨毯《じゆうたん》の敷かれた、格調高くて豪奢《ごうしゃ》なロビー……なんて広がらず、極めて小さな空間だった。ぴしゃり、ぴしゃりぴしゃり、高速で鳴る音に驚いて身を竦《すく》める。立ち込めるのは印刷工場みたいな匂い。黒いTシャツ姿の人たちが、長机に沿って並び、一様に背中を丸めている。手元を覗《のぞ》くと、二つ折りのコピー用紙にカラフルなチラシを挟み込んでおり、全員が恐ろしいスピードで手を動かしていた。

とても話しかけられない。碧唯が息をのんでいると、

「折りこみの方ですか？」

横から声をかけられた。女性だ。化粧が薄くて不機嫌そうな目。発色がいい茶色い髪を、乱雑に一つ結びしている。

意味がわからず、「折りこみ？」と碧唯はオウム返し。

「ですから公演チラシの、ああ、もしかして代役のキャスト？」

「は、はいっ。本日からお世話になる、志佐碧唯と申します！」

キャストと呼ばれてむず痒《がゆ》くなり、お辞儀も勢いづいた。

「制作チーフの伊佐木《いさぎ》です」

女性は顔色一つ変えずに名乗る。制作さん。受付ロビーや裏方回りを取り仕切る人っ

て、『演劇用語の基礎知識』に書いてあった。

「劇場の入口はそっち」伊佐木が扉を指して、「間もなくステージ集合だから、楽屋は後で案内します」

「ありがとうございます！」

碧唯は扉に急いだ。重たい。両手に力を入れて引っ張ると、開いた隙間から吹き出した風に煽《あお》られる。

思わず咳《せ》き込《こ》む。埃《ほこり》っぽい。喉の調子を整えて、なかに入るとステージがあった。

「えっ。ここ……？」

めちゃくちゃ狭い。劇場というより、まるで倉庫だ。

ステージは体育館にあるようなサイズの、半分ほど。長方形の白いパネルが間隔を置いて四枚立っている。舞台セットはそれだけで、学園ものの芝居と聞いたのに、教室机すらない。パネルの前で女性がひとり、ストレッチをしている。

ステージの手前側、客席と思《おぼ》しきスペースは階段状になっているが、座席が見当たらない。奥の黒壁には積み上げられた椅子がある。劇場に相応《ふさわ》しい、ふかふかしたやつ……ではなく、固そうな四角いスタッキングチェア。お尻が痛くなりそうだけど、まさか、あんなものを並べるの？

碧唯が狼狽《うろた》えていると、舞台袖から三人の男が現れた。ラフな姿で雑談し、笑い合う。

人が増えて賑やかになった。誰かの「集合でーす！」という声で、さらに奥から人が出てくる。俳優たちだろう。いずれも同い年か、少し年上の二十代に見える。

碧唯のそばに、おじさんが立つ。紺ジャケットと白シャツに、ベージュのチノパン。四十歳くらいで恰幅《かっぷく》がいい。その横顔は険しかった。

「おはよう」

男が言うと、ステージから「おはようございまぁす」と、けだるい声が重なる。

「きみが代役だよな？」

男は碧唯に目を向ける。

「はっ、はい、よろしくお願いいし」

「自己紹介」

「あの、志佐碧唯と申し」

「俺じゃなくて役者たちに」

「はっ、はい！」

心拍数が上がっている。落ち着け、これはオーディションじゃない。テンパる必要なんかない。

「今日から参加させていただきます、志佐碧唯です！」

碧唯は大声で挨拶する。

語尾が反響したが、構わずに「よろしくお願いします！」と続けた。

「声、でっけえ」

誰かが笑いながら言ったので、

「はいっ、それだけが取り柄です！」

手を挙げてアピールする。今度は反応なし。あれ、すべった……？

「いいじゃん元気で」

俳優のひとりが、「よろしくね～」と拍手を促す。

ステージから拍手をいただく。碧唯は照れながら、もう一度、頭を下げた。

「みんな、今日も頑張ろう～！」

その俳優は朝からよく通る声だった。見習わなければと、碧唯は思う。華やかな顔立ちでオーラがある。彼が主演だろうか。昨日の今日で、出演者などの情報も碧唯には知らされていないが、どこかで見たことあるような……。

ともあれ、和やかな雰囲気に安堵《あんど》する。受け入れてもらえてよかった。急に現れた素人に厳しい目を向けられたらどうしようかと、冷や冷やしていた。

「志佐くんには役を引き継いでもらう」

そう言って男は、碧唯にだけ届く声で、「演出の杜山《もりやま》だ」と明かした。

演出家だったのか。碧唯は慌ててお辞儀する。

「昨日はあんなことになったが……」

ステージに向き直った杜山は、「気を取り直してやっていこう」と締めた。

何故《なぜ》だろう。その言い方に、どこか歯切れのわるさを感じとる。

「楽屋に行って準備するんだ。衣装は用意させたから」

杜山に言われて、「ありがとうございます」と碧唯は返す。

「何か、わからないことはあるか？」

タイミングは今しかない。碧唯は恐る恐る、「あのですね」と切り出した。

「何だ？」

「……私の台本、いただいてもよろしいでしょうか」

三十分後。

衣装のブレザーを着て、碧唯は客席の段差に座っている。

ステージでは、本番を迎えるための下準備である「場当たり」が進んでいた。舞台監督と呼ばれるおじさんが中心になって取り仕切り、演出家がキャストに対して動きの変更点などを告げ、音響と照明スタッフにオーダーを出して修正を加える。こんな風にして舞台は作られていくようだ。なるほど勉強になる。

碧唯の出番は後に回された。見学しながら、急いで台本を読み進めている。

マネージャーから台本をもらえなかったせいだ。昨夜メールで送ると言ったくせに、夜になっても音沙汰なし、電話をかけても繋《つな》がらない。芸能事務所として如何《いかが》なものか。オーディションに落ちまくる実績ゼロの女だから舐《な》められているに違いない。絶対に見返してやる。

台本を確認したところ、碧唯のセリフは多くない。与えられた役は「生徒Ｇ」。名前のない賑やかしのポジションで、本来は男子生徒の役だったけど、女子で演じて構わないと杜山に言われた。

お話は、主人公の高校生男子「レオくん」のドタバタな日常を描いた学園コメディ。「誰もが笑って泣ける青春ストーリー！」と台本の表紙に書いてあった。

声には出さずセリフを復誦《ふくしょう》する。間違えないように、繰り返し、頭のなかで演技のリハーサルを行った。

それにしても……。

舞台デビューだと期待に胸を膨らませていたが、イメージとかけ離れた現実に驚きを隠せない。

客席は、ぎちぎちに椅子を並べても五十席あるかどうか。こんなボロいところに客を呼んで、あんな狭いステージで上演するなんて信じがたい。碧唯の知らない世界すぎる。

俗に言う「下積み」ってやつなのか……。

街でスカウトされてこの業界を志した碧唯。すぐにスターになりたいけど、スタート地点は想像の遥《はる》かに下だった。

さらに驚いたのは、俳優たちの取り組み方。

何というか……とても、ふわっとしている。

場当たりは細かく行われていた。台本の1ページから2ページほど、本番さながらに芝居をしては、舞台監督が「はい、ここまで」と止める。演出家によるフィードバックがあり、スタッフたちの修正タイム。とくに照明の修正は大掛かりで、ステージに脚立を立て、天井に吊《つ》られた灯体《とうたい》を移動させたり、角度を調整したりと、時間がかかった。

俳優はステージ上で待機するが、集中力は散漫で落ち着きがない。変なポーズをとったり、突然踊ってみたり、ふざけ合い、雑談も交わされる。芝居のなかでさえ、セリフのないところで遊びはじめる始末。背の低い俳優が、となりの背の高い俳優を小道具のホウキで突《つつ》きはじめた。いじられた側はリアクションをとり、まわりの共演者たちが笑う。くすくすという声が伝播《でんぱ》する。

まるで小学生男子のノリ。演出家の杜山も咎《とが》めようとしない。

もっとスパルタな業界だと思っていた。中学、高校と強豪バレー部でしごかれた碧唯にとって、気の抜けた雰囲気には拍子抜け。もし部活だったら、鬼顧問の怒号が飛んだことだろう。

緊張で凝り固まっていた碧唯も、次第に気持ちが緩みはじめる。

バアン。

と、響いて一瞬の静寂。

何かと思えば、背の低い俳優がホウキを床に落としたらしい。舌を出しておどけながら拾い上げる。

「次のシーンいきます」

舞台監督の指示で、俳優たちが舞台袖に引っ込んだ。

違和感が碧唯に残る。

細いホウキにしては、重たい音だった。まるで床を思いきり足で踏みつけたような響き……でも気のせいだろう。誰もそんな動きはしていない。

「それでは登場シーンから、どうぞ」

舞台監督が言うと、両サイドから一斉に俳優たちが現れる。

びっくりした。ひとりだけ上半身が裸だった。ホウキで突かれていた背の高い俳優が、衣装の制服を脱いでパンイチのマッスルポーズ。ボケたつもりだろうが、まんまと相手役の主演俳優「レオくん」はツボにはまって、素笑いを堪《こら》えながらセリフを言いはじめる。それが呼び水となり周囲の笑いを誘う。我慢できなくなった「レオくん」が盛大に吹き出す。「変なアドリブやめろよ～」と言うと、そのまま芝居はストップした。

最初からやり直しになる。俳優たちは、また舞台袖に去っていった。

ふと、碧唯の視界が揺れる。

俳優たちに紛れるように、ステージを何かが横切った——ように見えた。白っぽい人影。舞台上に立つパネルの裏に、ぎゅんと吸い込まれて消えてしまう。

肌寒さに腕を見ると、鳥肌が浮かんでいた。

何これ。気持ちわるい。

「ひゃっ」

碧唯の身体が跳ねた。両肩に重みを感じ、背後から手を乗せられたと気づく。

「ったく、しょうもないね」

振り返ると、ステージを見ながら口元を歪《ゆが》める女性。しゃんとした雰囲気で、全体的に線が細い。さっき舞台上でストレッチをしていたお姉さんだ。

「教師役の末永真奈美《すえながまなみ》です。よろしくね」

彼女はそう言って、「ぬるい現場でごめんねえ」と苦笑いをつくる。最年長だろうか、余裕を漂わせる口調も大人っぽい。

「私、初舞台なのでよくわからなくて。これが普通じゃないんですか？」

碧唯が尋ねると、真奈美は「初舞台かあ～」と、さらに申し訳なさそうな顔つき。

「現場によって違うかな。もっとストイックなところもあれば、こんな感じで、役者のモチベが低い座組もあってさあ」

真奈美は一息で言ってから、「まあでも仕方ないんだよね」とステージに目配せする。

「何せ、客の目当ては主演ひとりだから」

目線の先には、舞台中央に立つ「レオくん」の姿が。

「あの子、知ってる？」

「ええと。どこかで見たことあるような、ないようで、ありそうな……」

既視感の正体が相変わらず摑《つか》めない。

「楠麗旺《くすのきれお》」

「えっ！」

「あの、天下の麗旺くんよ」

「知ってます、昔ドラマで見てました！」

思わず声量が上がり、慌てて口をつぐんだ。

喉の小骨が取れたような爽快感。改めて観察する。ほんとだ、目元や輪郭に幼いころの面影が感じられる。

「やばやばやば」碧唯のなかでミーハー心が疼《うず》きはじめる。「この距離でナマ芸能人見るの、初めてかも」

楠麗旺。小学生ながら主演を務めたドラマが大ヒットし、天才子役と称された有名人だ。大人に交じって連日バラエティ番組に出ていたから、彼を知らない日本人のほうが少ないだろう。

「懐かしいですねえ～、こんなに大人になってえ～」

碧唯のほうが年下のはずだが、親戚のおばさんみたいな感慨に浸る。

「懐かしいって……それ本人には言わないようにね」

「あっ、ですよね」確かに失礼だった。「すみません、悪気はないんです」

すっかりテレビで観なくなり、芸能界を引退したと思っていた。まさか共演することになろうとは。すごいすごい。伝説の子役と共演だなんて、華々しい舞台デビューに再び希望の光が見えてくる。

「一発屋でもファンは持ってるから。これくらいのキャパシティなら、彼の人気で埋まるんだよ」

「ああ、だから役名も『レオくん』なんですね」

「そうそうアテ書き、ってやつ。まわりの脇役連中からしたら、自分を観に来る客はいないし、頑張ろうって気にはなれないだろうね」

碧唯にも状況が飲み込めてきた。知名度ある主演俳優のファンをターゲットにした興行。ほかのキャストからすれば、士気が下がるものらしい。

「だからって、ふざけすぎだよ」

真奈美は毒づく。

「昨日あんなことがあったのに、懲りない奴《やつ》ら。また降板者が出ても知らないから」

と、吐き捨てるように続けた。苛立《いらだ》ちを隠そうとはしない。

「あの、コウバンシャって？」

「板の上から降りると書いて、降板。役者がひとり、出られなくなってさ」

「ああー、そうですよね」

だから碧唯は、今日ここにいる。

「どうして出られなくなったんですか？」

欠員が出た理由は聞かされていない。トラブルがあったのか、スタッフと揉《も》めたのか。

「実は、昨日の場当たり中に……」

「志佐くん、そろそろいけるか？」

真奈美の言葉を聞き終わる前に、演出家に呼ばれた。

「はい、台本も確認しました！」

やっと自分の出番がやってきた。慌てて立ち上がってステージに飛び乗る。真奈美がガッツポーズを向けてくれた。

「志佐さんは、下手《しもて》の袖幕にスタンバイ」厳つい顔立ちの舞台監督が説明する。「暗転中に出てきて、この蓄光テープの前に立つ。全員が立ち位置についたら照明がつくから。大丈夫？」

「できると、思います」

思ったより自信なさげな声が出た。刻みチーズのような小さいテープが、床に貼ってある。これが暗闇で光るらしい。しゃがみこんで目印を確認していると、

「碧唯ちゃん、よろしくね」

頭上から声が降ってきた。

見ると、麗旺が微笑《ほほえ》んでいる。

「ふあっ、はい……！」

名前を、元・国民的天才子役に、名前を覚えられた。動揺のあまり前髪を乱暴に直す。きれいな顔、スタイルもいい。いかにも芸能人という風格を備えており、妙に緊張してしまう。

「暗転の前からいきます」

舞台監督が言うと、一斉に散る俳優たち。ええと、下手にスタンバイだったか。碧唯は黒幕の垂れ下がった舞台袖に向かいかけて、「すみません！」と声を上げる。

「……下手って、どっちでしたっけ？」

笑いが起こった。「君から見て、右」と呆《あき》れ顔《がお》の杜山。

碧唯は黒幕に逃げ込んだ。初心者丸出しで恥ずかしい。現場に行けば何とかなると思ったけど、付け焼刃ではすぐにボロが出る。迷惑はかけたくない。せめて真面目にやろ

う。手順を思い浮かべ、とにかく平常心を意識した。

「それではスタート」

ふわりと照明が消える。

真っ暗闇で頭は真っ白。蓄光テープの明かりを探そうにも、足が竦んで動けなかった。いやな汗が滲《にじ》み出る。とにかくステージに立たないと。震えながら右足を前に出し、さらにもう一歩……今度は方向がわからない。

どうしよう。早くしないと照明がついてしまう。決められたスタンバイ位置に行けず、変なところに突っ立っている自分の姿を想像するだけで、頭が熱っぽくなった。

それでも碧唯に成《な》す術《すべ》はなく、暗闇に心まで飲み込まれ、独り、取り残される。誰にも頼れない。憧れたステージの上が、こんなにも心細いものだなんて――。

ふいに引っ張られた。

誰かが、腕を摑んでいる。

握られた手首が冷たい。ざあああ、と二の腕まで総毛立つ。誰。何。振《ふ》り解《ほど》こうと抵抗する。びくともしない。全力で身をよじる。無駄だった。相手の腕は揺さぶれないほどの頑強さ。

もう一度、引っ張られる。倒れそうになって碧唯はその方向に足を従わせた。

手が離される。

眩しい。照明がついていた。

咄嗟《とっさ》に足元を見る。目印の蓄光テープを発見。よかった……迷子になった自分の手を引いて、誰かが助けてくれたんだ。

碧唯が顔を上げると、劇場内が沸いた。

えっえっ。私、何か間違えてる……？

「やめろよ麗旺〜！」「セクハラーっ！」

笑われたのは自分ではない。舞台の中央、麗旺が半裸になってポーズを決めている。

主演まで悪ノリに加担しはじめた。こんな調子で大丈夫なのか、さすがに碧唯も心配になる。

いずれにしてもミスは避けられた。初《しょ》っ端《ぱな》から笑い者にはなりたくない。

……あれ？

ちょっと待って。誰が腕を引いてくれたのだろう。

碧唯の近くには誰もいない。手が離されたのと明かりの点灯は同時だった。近いのは麗旺だけど、それでも三メートルは離れている。

いや、きっと麗旺だろう。主演俳優としてフォローしてくれたのだ。

ほかの俳優たちは「今度は誰が脱ぐんだよ」「もうウケないわ」などと、冗談を交わし合っている。今のうちにお礼を伝えようと、碧唯は歩み寄った。

「あっ、あの」

「うん？」

麗旺は脱いだ学ランを着直している。

「さっきは、ありがとうござい――」

ぎしり。

ぎしっ、ぎしり。

そばで何かが軋《きし》む音。それに誰かの横切る足音まで。

周囲を見回しても、歩いている人はいない。

みし、みしっ。さらに近くから聞こえる。みぎっ、ぐぎぎぎぎっ。何だろう。ぐわあああ。忌まわしい音が速まった。麗旺の頭上に迫りくる轟音《ごうおん》！

「わあああああっ！」

碧唯は前に飛び出した。

麗旺を抱きかかえるようにして突っ伏す。「うわっ」という麗旺の声は、がしゃああん……と背後で響きわたる音にかき消された。

麗旺に覆《おお》い被《かぶ》さるかたちで、碧唯は床に伏したまま。

みんなが一斉に騒ぎ出す。ほとんど悲鳴に近い。

「そんな……」

振り返った碧唯は言葉を失う。

舞台セットのパネルが一枚、目の前に倒れていた。

「大丈夫か！」

碧唯たちのもとに舞台監督が駆け寄る。

「わ、私は何とか」

肘に痛みをおぼえたが、大したことはない。

「それより楠さん、ごめんなさい」

碧唯が立ち上がると、麗旺は「ううん平気」と衣装を整える。

「でも、あそこに立ったままだったら……」

青褪《あおざ》めた顔で背中をさする麗旺につられ、碧唯は倒れた舞台セットに目をやった。

パネルの裏に付けられた、支えのような四角い木材が竹のように割れている。

「危険だ。いったんステージを降りて」

スタッフに言われるがまま、碧唯たちは客席側に退避する。

心臓のバクバクが治まらない。一歩間違えば麗旺はパネルの下敷きだったわけで、血の気が引いた。

「ねえ怪我《けが》してない？」

真奈美が肩に手を添えてくれる。

「無事です、楠さんも」

「そう、よかった……」

ほっと息をつく彼女。

「ありがとう、助かったよ」

麗旺がやってきた。打って変わって神妙な面持ち。

「よく気づいたね、パネルが倒れるって」

「えっ、いや」

「あんなに早く動けるなんて」

「バレーボールやってたんです。ほら、フライングレシーブ！」

碧唯が動きを再現すると、麗旺が無邪気に笑った。

助けようと思って動いたわけではない。何かが倒れる音がして、無意識に身体が前に出た。部活の経験が変なところで活《い》きただけ。

「舞台上でふざけるからよ」

真奈美が冷たく言い放つ。

「ほかの連中はともかく、なんで主演のあんたまで一緒になってへらへら遊ぶかな。そんなんだからパネルに接触したんでしょ。自業自得じゃないの」

「待ってくれよ」麗旺が弁明する。「俺はパネルに触ってない」

「じゃあ、なんで倒れるのよ？」

「それは……」

ステージを見たまま、麗旺は口ごもる。

「主演の立場を自覚しなさい」

真奈美は強い口調で言葉を重ねた。「あんたまで怪我したらもう公演中止なんだから」

相手が有名人だろうと物怖《ものお》じは見られない。麗旺はきまりわるそうに、その場を離れていく。

あんたまで怪我したら……？

碧唯が疑問を抱いたところで、

「またかよ」

と、俳優の誰かが呟《つぶや》いた。

「これで二日連続だぜ？」

その言葉につられて、碧唯は思わず真奈美を見る。

視線が交わった。どこか、観念した様子が滲む。

「……降板した、あなたの役だった人だけど」

真奈美は重苦しいトーンで、こう告げた。

「昨日の場当たりで血まみれになったの」

スタッフが「退館時間です」と呼びかけるたび、楽屋から人が減っていく。

間もなく二十二時。碧唯は楽屋の隅に座ったまま動けない。どっと疲れを感じている。

パネルの転倒事故によって場当たりは一時中断した。舞台セットの修復作業と、入念な安全点検が行われ、キャストは二時間も楽屋で暇を持て余す。再開したがタイムテーブルは押しまくり、明日に持ち越しとなった。現場の空気はピリついて、ふざける俳優もいなかった。当たり前だ。主演の楠麗旺が怪我をしかけたのだから。誰も「出演やめます」と言い出さなかったのが、せめてもの救い。

「お疲れー、碧唯！」

楽屋を出る真奈美に、碧唯も「お疲れさまです！」と頭を下げる。

「てか、帰んないの？」

戻ってきた真奈美が顔を覗かせる。もう楽屋には碧唯だけ。

「新人の自分が先に帰るのは失礼かしら……と思いまして！」

そんなことを考えているうちに、取り残されてしまった。

「真面目だねえ」真奈美は笑って、「明日もよろしくー」

ひらひらと手を振っていなくなる。

右も左もわからない碧唯にとって、姉御肌の彼女は頼もしく感じる。

楽屋待機のあいだ、真奈美は昨日の「事故」についても教えてくれた。

降板した俳優は、田淵《たぶち》といって、稽古の時点からモチベーションが低く、ふざけてばかりいたらしい。「客の目当ては麗旺サマだから、俺らは引き立て役に徹しようぜ」と公言しては、アドリブで一発ネタを披露したり、セリフを変えてウケを狙ったりと、かなりの問題児だった。影響された共演者、とりわけ背の高い俳優・森《もり》と、背の低い俳優・小林《こばやし》の「森林コンビ」まで気が抜ける始末。劇場に入っても彼らの態度は変わらなかったが、アクシデントが起こる。田淵がステージで転んでしまった。悲痛な叫び声をあげて突っ伏した彼の額は、ぱっくりと割れて赤く染まる……。床の上に置かれた灯体に頭からダイブしたのだ。

「誰だよ、俺を押したのは！」

救急車のタンカに乗せられながら、譫言《うわごと》のように彼は繰り返したという。

「共演者の誰かと」碧唯は首を傾《かし》げる。「ぶつかった、とかですか？」

「うーん。私は客席から見学してたけど、そうは見えなかったんだよね。五人くらい出てるシーンだし、ステージも狭いから、気づかないうちに当たっちゃうことはあるかもしれないけど……たださあ」

真奈美は言葉を切ってから、

「田淵本人は『両手で押された』って断言してるんだよ」

結局、ひとりで転倒したという話で決着がついたらしい。

「ごめん正直に言うわ」

姿勢を正した真奈美が、「私は、麗旺が犯人だと思ってたの」

「ええっ、それはさすがに……」

子役時代の無垢《むく》な笑顔と、先ほどお礼を言われたときの微笑みが重なる。そんな人であってほしくない。

「動機はあるじゃん。自分のことを馬鹿にして舞台上でふざける田淵にムカついて、麗旺が突き飛ばしたのかなって」

「でもさっき、麗旺さんも危ない目に遭ったんですよ？」

「そうなんだよ～。勝手に疑っちゃって、罪悪感やばい」

と、バツがわるそうに苦笑する真奈美。

「自作自演で舞台セットを壊すなんて有り得ないし、今日は麗旺までステージで遊んでたでしょ。もう何を考えてるのか、意味わかんない」

会話はそこで途切れる。解決の糸口もないまま、疑念だけが残った。

……時計の針が、古ぼけた音を刻む。

楽屋にかけられた丸時計はぴったり二十二時を指している。

碧唯はひとりぼっちの楽屋で、真奈美との話を振り返りながら考えた。田淵を突き飛ばし、パネルを倒した犯人が共演者のなかにいるとすれば、事故ではなく立派な事件だ。とんでもないことじゃないか。

だけど、と思いとどまる。

パネルが転倒する直前に、碧唯は足音を聞いた。人が通り過ぎる気配も感じた。

実際には、誰もいないのに……。

身震いが走る。手首に残った感触を確かめると、握られたときの冷たさが蘇《よみがえ》る。

暗闇のなかで手を引いた人間がいた。

もしかして私たち以外にも、ここに誰かが……？

頭に浮かんだ考えを即座に追い出した。雑念を振り払うように大きく息を吐く。

考えることはもっと別にある。明日は本番なのだ。自分の役目に徹しなければ！

帰る前にもう一度、本番の動きを確認しておこうと思い立ち、リュックを片掛けして楽屋を出た。

舞台袖に向かう。土足はまずい。スニーカーを脱いでから舞台に上がる。

静かだった。けれど、人のいた匂い。まるで空気が微睡《まどろ》むように、ゆったりと流れている。

パネルは元の状態だ。

裏を覗くと、砂袋の重しで固定されている。自然には倒れそうにない。

碧唯はステージの上を動いて、場当たりで行った段取りを復習する。

出番のところを二回ずつ繰り返す。誰も見ていないので集中できた。大丈夫だろう、明日もミスのないように頑張ろう。

ぎっ。

木の鳴る音で、足元を見る。

自分じゃない。見回すが誰もいない。ぎっ。ぎっ。……気のせいでもない。また倒れるのかと思ったが、パネルは微動だにせず立ったまま。軋みは床から響いている。

家鳴り、という言葉が浮かんだ。古いお屋敷などでは、老朽化によって木材が軋むらしい。この床面はところどころ擦り切れて黒ずんでいる。ガタがきていてもおかしくない。

「ひっ……！」

声をあげて身構えた。人の足音。誰かが近づいてくる。誰も見えないのに。

「待って、何、なになに……!?」

息が詰まる。身体が動かない。足音は碧唯の前まで迫って、全身が風に煽られた。

ぶつかる――！

身体を強張《こわば》らせたところで足音がやんだ。目を開けると変わらぬ光景。へなへなとしやがみこむ。

疲れすぎて、幻聴でも現れたのか。

前髪が乱れている。何それ。いまの風圧は、誰かが私に向かって走り込んできたってこと？

怖くて起き上がれない。碧唯は四《よ》つん這《ば》いになり、ステージから客席側に降りた。逃げたというほうが正しい。靴下のままだった。舞台袖で脱いだスニーカーがないと家に帰れない。ステージを避けて、客席側から回り込む。無事に靴を履く。

犬の遠吠《とおぼ》えが聞こえた。

耳をそばだててしまう。長い。ああ――……と、同じトーンが響き続ける。地の底から木霊するような、ざらついた唸《うな》り声《ごえ》。それは犬ではなく人間の、男のものだった。

喉元がつっかえる。歯の震えがとまらない。

たっ、助けて！

碧唯は走って客席側の出入口に向かった。扉に手をかける。体重をかけて開くと、誰かの話し声。咄嗟にドアを半開きのまま押さえた。

「こんな調子で幕が上がるのか」

苛立った口ぶり。演出家・杜山の声に間違いない。

「劇場は『出やすい』って言うが、まさか本当に……」

出やすいとは、何を指しているのだろう。

「私、本当に見ましたから」

深刻そうな女性の声。今朝ロビーで会った制作の伊佐木だ。

「パネルが倒れる前、白い人影が見えたんです」

はっきりと口にする。冗談には思えない声遣い。

「さっきも聞いたよ」杜山が語気を強めた。「何度も、よしてくれ」

たまらず碧唯はドアから顔を出し、声のほうを覗き見る。ロビーには三人いた。杜山と伊佐木と、もうひとりは初めて見るおじいさんだ。

「お祓《はら》いしたほうが、いいんじゃないですか？」

縋《すが》るように伊佐木が言った。

「お祓いって言ってもなあ」杜山は億劫《おっくう》そうに、「今日の明日でやってくれる神社が、あるものかな」

「それは、わかんないですけど……」

伊佐木が口ごもる。

穏やかではない。お祓いだなんて、とんでもない話になってきた。

碧唯が薄々感じていたように、パネルの転倒は人為的な悪戯《いたずら》ではなく、心霊現象だと考えているらしい。もしそれが真実なら、碧唯の手を握ったのは……。

まさか、さすがに有り得ない。

だけど、否定するたびに考えは強固になる。

一連の出来事は生きた人間の仕業じゃない。

俳優を突き飛ばし、舞台パネルを倒した、いるはずのない者が、いる――。

「お祓い、ではないが」

黙っていたおじいさんが、重々しく口を開いた。

「こちらでも当たってみるよ。いつもお願いする奴がいるんだ、事故が続いたとき」

まるで事故が珍しくない、とでも言わんばかりの調子だった。

「続いたときって、何ですかそれ。頻繁にあることなんですか」

杜山も、碧唯と同じく疑問を抱いたらしい。

「古い劇場なんだ。おかしなことの一つや二つ、あるものだよ」

会話から察するに、おじいさんは劇場主のようだ。何十年も運営してきたのだろう。

「騙《だま》された！」

杜山は血相を変えて、「まるで事故物件じゃないか。だったら最初にそう告知すべきだろう！」とクレームをつける。

「そんな話を誰が信じるかね」劇場主は動じない。「格安で劇場を貸してるんだから、文句は言わんでほしい」

「なんだと、こっちは金を出している客だ！」

「嫌なら借りなくてもよろしい。劇場貸しなんてボランティアみたいなもんだ。タダで深夜に、稽古場としても貸してやっただろうが」

「感謝はしていますけど、それとこれとは話が別でしょう」

「不服なら余所《よそ》の劇場に行けってことだ」

「予算がないんです、我々は貧しいんだ！」

「芝居は河原でもやれる、私が若いころなんて……」

「アングラ時代の美談なんて結構です！」

雲行きが怪しくなってきた。火花を散らす両者を伊佐木がなだめている。碧唯は帰るに帰れない。

あらゆるものが気になりだす。ひび割れたロビーの壁も、天井の黒ずんだシミも、じめっと重たい空気も、すべてが禍々《まがまが》しさを孕《はら》んで、碧唯の想像を掻《か》き立《た》てた。怖いのは苦手だ。テレビで心霊特集の番組がはじまったら即座にチャンネルを替えるし、誰かが怖い話をはじめたら耳を塞《ふさ》いであーあーと奇声を上げてやり過ごすタイプ。早く立ち去りたいのに、まだ口論は終わらない。

遠吠えが碧唯を射貫《いぬ》いた。

また聞こえた。後ろから聞こえている。

ステージから客席全体へと広がるように、野太い男の声が背中に迫った。

振り返ることはできない。

できないが、誰かがいる。ステージに立っている。自由気ままに闊歩《かっぽ》する白い影。そいつが犯人なんだ。よせばいいのに空想を膨ませる。今にも碧唯の背後にやってきて、両肩にべったりと覆い被さるとしたら――。

「やだっ、そんなの、いやだーっ！」

叫びながらドアから飛び出した。足がもたついて、転びそうになる。

「誰だ！」

「す、すみません志佐碧唯です！」

速やかに杜山たちの前に姿をさらす。なぜかフルネームで名乗ってしまう。

「きみか……退館時間はとうに過ぎてるぞ」

杜山は構えを解いたが、怪訝《けげん》そうな目つきは変わらない。

「明日の本番が自信なくて」碧唯は正直に話す。「ステージで、演技の確認をしていました」

正直に話したのは半分だけ。謎の足音や、男の遠吠えについて、言えるわけもない。

三人の表情は強張ったままだ。杜山と伊佐木が顔を見合わせる。盗み聞きを疑ったのだろう。

「役者たちを動揺させたくない」

睨《にら》みをきかせて杜山が言った。

「くれぐれも、この話は内密にな」

お祓いのことを指したのだろう。碧唯は大げさに何度も頷《うなず》いて、

「お疲れさまでした、お先に失礼します！」

逃げるように外へ出た。

夜も更けて、どんよりとした曇り空。日中の秋晴れが嘘のような冷え込みに、ノースリーブの服装を小馬鹿にされた気分になる。

独りが心細い。真奈美と一緒に帰ればよかった。

駅までの長い道のりが、ひどく疎ましい。


自宅マンションの玄関で倒れるように座り込んだ。

気が緩んでしまったのだろう、急に身体が重くなる。もうすぐ日付が変わるころ。さっさとメイクを落として湯船に浸《つ》かりたい。ベッドに突っ伏したい。

リビングは消灯されていた。母親は寝たらしい。自分の部屋に直行すると朱寧《あかね》がいた。

訂正、ここは自分と妹の部屋だ。

「ただいま」

先手を打つが返事はない。目すら合わせてもらえない。あちこちに積まれた段ボールの隙間に立って、窮屈そうにスマホをいじっている。

「お風呂さあ、お湯ってまだある？」

引き続き返答なし。姉の存在はとことん無視。もうずっとこんな調子だ。

碧唯はクロークを塞ぐ巨大な段ボール箱の上にリュックを降ろし、荷物のせいでわずかしか開かないタンスの引き出しから下着とTシャツを取った。

朱寧をチラ見。変わらずシカト。彼女の長い爪が液晶画面にカチカチと当たる音だけが、小刻みに鳴っている。

もう少し粘ってみようか。

挑戦しかけて、話題が浮かばなかった。何を言っても不自然になる。胸元に着替えを抱えたまま、碧唯は妹を見つめた。姉よりも身長が高く、顔が小さく、肌はきめ細やかで髪もきれい。並んでオーディションを受けたら、朱寧のほうが受かりそう。けれども彼女は紛《まが》うことなき一般人。普通の生活を送る二十歳の大学二年生。

今宵《こよい》もコミュニケーションは諦めた。碧唯は、段ボール箱で埋まった部屋を出る。

ドアを閉める寸前。細い隙間から、朱寧の白けきった冷たい視線。

気づかないふりをしてドアを閉めた。

浴室に向かいながら、ため息が漏れる。いつになったら許してくれるのだろう。四月から半年経《た》ったのに、姉妹関係は改善の兆しなし。

幸いにも、浴槽には湯が残っていた。追《お》い焚《だ》きボタンを押して服を脱ぎ、先に髪を洗う。短いからすぐに終わる。まだぬるいけどバスタブに浸かった。

子どもが不貞腐《ふてくさ》れるみたいに、顔まで沈み込む。鼻に水が入って思いきりむせた。

朱寧の視線がまとわりついて胸が痛む。

妹の不満は重々承知していた。碧唯は大学卒業を機に家を出るはずだった。就職すれば会社近くでワンルームを借り、家賃を払って何なら実家に仕送りも……と考えていたが、いきなり女優を志して、今や飲食店でのアルバイト生活。飲食店というかアニソンバーのキャストだ。部屋を独占できたはずの朱寧からすれば、姉の進路変更が許せなかったのだろう、彼女は実力行使に打って出た。自分用の新しい家具や収納ボックスを通販で買い込み、部屋に持ち込んだ。出ていけという露骨な意思表示はわかるが、新生活の目途が立たない碧唯は留《とど》まったので、ふたりの部屋はただ狭くなり、互いの心の余裕を奪い続けている。未開封の段ボール箱に収まる未使用の収納ボックスなど、邪魔で無意味でしょうがない……。

母親も「就活失敗現実逃避娘」として、よそよそしい態度を崩さない。早くに父親と離婚して女手一つで娘ふたりを育てながらマンションのローンまで払っている母としては、これからは長女が家計を助けてくれると期待したはず。申し訳なくて、実家は居心地がわるすぎる。

不安だ。この先どうなるんだろう。

「ああー、もう。今日は凹《へこ》むなあ」

ちょうど一年前。大学四年生の秋、表参道《おもてさんどう》の路上、グループ面接に向かう途中で声をかけられた。遅刻しかけで汗だくのリクスー女に、微笑みをたたえたその男は「スカウトです」と名乗った。

「芸能活動に興味ありませんか？」

キャバクラでもAVでもなく、健全な芸能プロダクションであると話した。碧唯は面接の約束をすっぽかし、事務所のワンルームに向かった。「詐欺じゃないですよね？」と何度も確認しつつ、契約する意思を伝えた。

碧唯には、ひとりの女性の姿が思い浮かんでいた。

かつて観たドラマのワンシーン。美しい佇《たたず》まいで、彼女はテレビの向こうに立っている。碧唯と目が合う。強烈な憧れが身体中を駆け巡る。そこに立ちたい。あなたになりたい。

「女優になりたい」

碧唯はマネージャーの男に、そう口にした。会話が弾んで盛り上がったけど、具体的なことは記憶にない。熱に浮かされていたのだ。

だって人生が開けたと、そう思ったから。

百社近くの企業から入社を断られ、希望する職種ではない企業からも「お祈りメール」を頂戴し、もはや何のために働くのか、何のために生きているかもわからず、心身ともに疲れ果てたが就活はやめられず、出口が見えず、入口にも引き返せない、そんな霧のなかで垂らされた救援ロープだと思ったのだ、女優への道が。就活の連敗さえ、芸能界に進むための布石だったと信じた。

碧唯は神さまに感謝した。高校がミッション系でよかったと。主が哀れに思って手を差し伸べてくれたに違いないと。スカウトされた日、帰りに神社に駆け込んで手を合わせたっけ。本当は教会がいいんだろうけど、近くに見当らないので代わりに伝えておいた。

最後に辿《たど》り着《つ》いた、運命の大逆転劇。

浅はかだった。今さら現実を思い知った。

大型オーディションに落ちまくったのも当たり前だ。華々しいデビューを飾れる器ではなかった。志佐碧唯は元々が平凡な人間。何なら平凡よりも少しだけ丸っこくて芋っぽい。まずは泥臭く、小さい劇場から、下積みを頑張るしかない。

とはいえ、問題は……。

浴槽で身体をほぐしながら振り返る。

怒濤《どとう》の一日だった。初めての経験ばかりで余裕のないところに、パネルの転倒をはじめ、暗転中に摑まれた左手首の感触、ステージで聞いた足音や男の声、いるはずのない者の気配など、不可思議なことにまで見舞われた。

「勘弁してよ……」

思わず嘆く。浴室の反響音にすら、恐怖心を掻き立てられる。

引きのわるさに呆れてしまう。初舞台で怪異現象にぶち当たるなんて、仕事運がなさすぎる。これもいつか、『往年の大女優・志佐碧唯の回顧録』として自伝を書くときに、ネタとして使えると考えるしかない。

明日は大丈夫だろうか。

もし本番中に、同じような事故が起こったら、誰かが怪我をしたら、観客をも巻き込んで大騒ぎになる。小さな劇場だけど、端役だけど、初舞台に変わりはない。中止になるのはイヤだ。千秋楽まで無事にやり遂げたい。

逃げ出さない。明日も劇場に行く。

必ずや、女優としてデビューする。

ネガティブになりかけたが、碧唯はメンタルを立て直す。

後戻りはできないんだ。今まで当たり障りなく、波風立てずに過ごしてきて、初めて自分で選んだ進路なんだ。たとえ浅はかでも、道を踏み外しても、人生が詰んでいようと、この選択を後悔したくない。

頭が熱い。長風呂になってしまった。そろそろ出よう。

のぼせた脳みそで、碧唯は精いっぱい祈った。

何としても、幕よ。お願いだから上がってくれ――！

＊

翌日の朝。碧唯は劇場に滑り込んだ。

昨夜は寝つけず、身体は疲れているのに頭が冴《さ》えて、ひとたび眠りについたら起きられず、ギリギリの時間になってしまった。

「おはようございます！」

「おはよー、碧唯」

楽屋に行くと、鏡前から真奈美が手招きした。男女共同の狭い楽屋はすし詰め状態。男たちが相変わらず大声で談笑に興じている。

「ねえ知ってた？」

隣の席に腰をおろした碧唯に、真奈美は持っていたチークブラシを置いて顔を寄せる。

「シアター・バーンって……曰《いわ》くつき、なんだって」

声をひそめ、おどろおどろしく告げる。

「いやね、昨日、お客さんから聞いたんだけど」

「お客さん?」

「ああ、私、高円寺《こうえんじ》のバーでバイトしてて」

「本番前日にバイト入ってたんですか!?」

驚きのあまり、碧唯は話の腰を折ってしまう。

「そりゃあお金ないもん。小劇場の役者なんて、みんなそんな感じでしょ」

「私は、一週間シフト代わってもらいました」

突然だったのに、バイト先のオーナーは理解を示してくれた。ありがたい。

「本番終わってから夜勤に行って、次の日もまた本番やるなんてザラよ?」

「そんな生活サイクルだと身体を壊しません……?」

「きついなあ~とは思うけど、まあ麻痺《まひ》してるよね」

心なしか、真奈美の声には疲れが滲んでいた。寝不足なのかもしれない。役者の下積みは思った以上に過酷らしく、自分の甘さを痛感する。

「でさ、お客さんから聞いたんだけど」

真奈美が仕切り直した。話したくてうずうずしているよう。

「この劇場、よくないんだって。前にシアター・バーンで俳優が亡くなって、中止になった公演があるっぽくて……」

「待ってください」血の気が引いた。「舞台上で人が死んでるんですか？」

曰くつきどころか事故現場じゃないか。

「本番前にステージで倒れて亡くなったらしいよ。原因とか、詳しいことは書かれてないけど、ネットで調べたら記事も出てきた」

真奈美がスマホを手に取ったので、碧唯は身を引いて制した。恐ろしくて読みたくない。

「それからなんだって、ステージでトラブルが起こるようになったの。今でも噂《うわさ》が絶えなくて、例えばこれは、今は売れっ子俳優のSさんが経験したことだけど……こういう話は苦手？」

「え？」

「ほら、耳塞いでるから」

無意識に手を当てていた。あははと笑ってやり過ごす。

昨日のことは忘れようと思っていたのに、こんな話を聞かされるとは……。

「とにかく、そのせいで呪われた劇場になったんだよ」

「パネルが倒れたのも、亡くなった俳優のせいってことですか？」

「麗旺はパネルに触ってないっていうし、おかしいじゃん。二日連続でトラブルだなんて！」

真奈美がオカルトと結びつけたのも頷ける。共演者の仕業だと怪しんだ反省もあるだろうし、不自然な事故が立て続けに起これば、怪異を疑うのも無理はない。

「気味わるくなってきた。楽屋の空気も淀《よど》んでる気がする。ほら今だって、なんか肌寒いもん」

「気のせいですって」

「碧唯は、何か感じない？」

「私、そういうの鈍感なんで！」

碧唯は誤魔化すことにした。余計なことは口走るなと、演出家の杜山に釘《くぎ》を刺されている。深入りは禁物だった。

「えー、私だけなのかなあ」

唇をすぼめて、彼女は鏡に向き直る。

碧唯もメイク道具を取り出した。頭のなかは雑念まみれだ。かつて人が亡くなったステージで、今からお芝居をしなきゃいけないのか。平常心でいられる自信がない。

田淵の怪我も、パネルの転倒も、死者の呪いによるものだろうか。

もし呪いがあるとすれば、今日だって危ない。また誰かが危険に晒《さら》される。

だけど何か引っかかる。かつて舞台上で事故が起こり、そのせいで俳優が死んだのであれば、同じようなアクシデントが繰り返されるのも腑《ふ》に落ちるが、真奈美は「ステージで倒れて亡くなった」と言っただけ。事故ではないのだろうか。いま一つ因果関係が摑めない。

ああもう。余計なことばかり考えてしまう！

真奈美の話は疑問を深めただけで、納得できる類いのものではない。悩まされるのは馬鹿らしく思えた。

慌ただしいノックの音。

「スケジュール変更です」

制作チーフの伊佐木が楽屋にやってきた。顔が強張っている。

「衣装に着替えなくていいので、十分後に舞台集合でお願いします」

それだけ告げて、落ち着かない様子で走っていった。

「どうしたんだろねえ」

真奈美が言う。ほかの俳優たちも、怪訝そうに視線を交わし合う。

予定では、場当たりを昨日の続きから再開し、その後、リハーサルであるゲネプロを行って、夜は本番という流れ。時間がないことは碧唯にもわかる。

胸騒ぎがした。

楽屋に楠麗旺の姿がないのだ。

まだ劇場に来ていない。まさか昨日の一件で、出演を取りやめたのでは……。

急いでベースメイクだけ整えると十分が過ぎた。楽屋を出て、ステージにキャストが集まる。

杜山が劇場入口から現れて、朝の挨拶。おはよう。おはようございまぁす。

「みんなに協力してもらいたい」

藪《やぶ》から棒《ぼう》にそう切り出される。表情には、迷いがあった。

「何をするんですか？」

訊《き》いたのは真奈美だ。杜山は「どう説明すればいいのか……」と言ったきり、口ごもる。奇妙な空気が流れはじめる。

やはり、麗旺に何かあったに違いない。

主演降板。公演中止。不吉な言葉が頭をよぎる。志佐碧唯の初舞台は幻となり、露と消え、女優デビューはまたしても遠くになりにけり――。

「すんません遅れましたあ！」

舞台袖から飛び込んできたのは、楠麗旺だった。

反対方向の電車に乗ってしまったと釈明する彼の様子に、場は和んだ。走ってきたのか血色もいい。ただの遅刻だった。碧唯の心配は杞憂《きゆう》に終わる。憧れの芸能人に対して少しだけイラっとする。

麗旺は無事だった。だとしたら、いったい何が……？

「今から行うのは、その」

杜山は歯切れのわるい調子で言った。

「お祓いのようなもの、らしい」

ざわつく俳優たち。鼻で笑う者もいる。

昨夜のロビーでの会話を思い出す。神社に相談して、神主に来てもらったのだろうか。

そんな人はどこにも……碧唯が客席を見渡すと、最後列に黒い影。その影がまさに蠢《うごめ》いた。

「お祓い、ではない」

スピーカーから男の声。

手に持つのはマイクだろうか。鈍い光が反射した。

「無論。お祓いのようなもの、でもない」

「あんたから説明してくれ」

杜山の呼びかけに、男は背中を丸めて客席通路に出た。異様ともいえる前傾姿勢で階段を下りてくる。全身がキラキラと煌《きら》めいた。俳優たちの誰もが息をのんでいた。

最前列の通路で止まると、男の姿が露《あらわ》になる。

黒いスパンコールの燕尾服《えんびふく》に、黒無地のシャツ、革靴も黒一色。猫背のままで顔は窺《うかが》えないが、うねった長髪も黒々と艶をたたえている。

男が両手で口元にマイクを寄せた。碧唯はぎょっとする。十本の指すべてに銀の指輪が嵌《は》められている。

「説明の、前に」

気だるそうな声で、男は「蛍光灯を消してくれ」と囁《ささや》いた。極端に声が小さいものの、両サイドのスピーカーから増幅されて聞き取れる。

「蛍光灯って」眉をひそめる杜山。「電気を消すのか?」

「ステージの灯体で十分。蛍光灯は苦手だ、気持ちがわるい」

不気味な声色でそう述べる。ステージの舞台照明が灯《とも》り、客席の蛍光灯は落とされる。

薄暗くなって俳優たちの顔に陰影が生じた。今から百物語でもはじまりそうな佇まい。

「んん、いい」

男は深々と息を吐く。安堵するように、心地よさに身を委ねるように背を伸ばした。

かなり背が高い。さらに手足が長い。天然パーマなのか寝ぐせなのか、とにかく長い髪が、額に影を落としている。

何だ、この人。妖怪にしか見えない。

「胡桃沢狐珀《くるみざわこはく》だ」

男が名乗った。

「今から浄演を行う。諸君らには、出演を求める」

「上演を行うも何も、今日は本番初日なんだけどね～」

おどけるように麗旺が言った。息はすっかり整って、綺麗《きれい》な顔立ちに戻っている。

「上演ではなく、浄演《じょうえん》」

「はい？」

「浄《きよ》めるために、ともに演じる。即《すなわ》ち『浄演』と称する」

大仰な言い回しで、胡桃沢狐珀は述べた。

浄演。初めて聞く言葉だ。『演劇用語の基礎知識』には載っていなかった、と思う。

隣の真奈美も首を傾げている。

狐珀と名乗る男は、細長い指で前髪を搔き分けた。目のクマがすごい。じっくり、ねっとり、ステージに並ぶ俳優たちを観察していく。目尻は眠そうに垂れて、視線に鋭さはないが、射貫くような凄《すご》みがある。気圧《けお》されたのか、おしゃべりな俳優たちも無駄口を叩《たた》かない。

碧唯と狐珀の目が合った。見られている。じっと見られている。頭の先から足の裏まで、串刺しになったように硬直する。彫りの深いシャープな顔立ちからは一切の感情が読み取れず、反対に碧唯は、自分のなかがすべて見透かされた心地になる。

「小屋付きの邑岡《むらおか》です」

重苦しい沈黙を破ったのは、劇場主のおじいさんだ。狐珀の脇に並んで「私からも補足させてほしい」と続ける。

「うちの劇場は、年に一回かそこら、おかしなことが起こる。ステージから役者が落っこちたり、舞台セットが壊れて、それで怪我したり……」

「「ええっ⁉」」

俳優たちの驚きがユニゾンする。真奈美の噂話のことは知らないようだ。

「黙っていたのは謝ろう。だが、劇場設備に問題はない。老朽化でもない。原因がわからない以上は説明しようがないんだ」

「何それ怖い」「問題だらけじゃん」

目に見えて動揺しはじめる俳優たち。杜山の懸念は当たってしまう。

「そこで彼が要る」

劇場主は狐珀を指して、

「古い付き合いの、元・演出家だ。彼なら怪異を鎮められる」

「演出家。元は、要らない」

俳優の観察を続けながら、ぽつりと訂正した当の本人だが、「ろくに芝居作ってないだろうが」と劇場主に言い返される。

「怪異って、やっぱり……」

真奈美が碧唯を見た。頼れるお姉さんの風格はどこへやら、両眉が下がっている。

「役者たちは協力してやってくれ。無事に、初日の幕が上がることを祈っているよ」

そう言い残し、劇場主は出て行った。

「何だ、じいさん。祈っているよ、だなんて他人事《ひとごと》みたいに」

杜山はボヤいてから「そんなわけで」と、ステージを向いた。

「怪異を鎮めるため、胡桃沢狐珀さんに『浄演』とやらを行ってもらう」

「怪異なんて嘘くせえ」

噛《か》みついたのは背の低い俳優、小林だ。「ただの偶然だよ」とあざ笑う。

「くふっ！」

狐珀も笑った。唐突に吹き出した。「くっく、くふふふ」と両肩を揺らす。口角は上がらず、表情にも変化はないが、猛烈に可笑《おか》しいとばかり、ひとしきり笑い続けた。

「怪異を、くふっ、呼び覚ましたのは」

笑いを堪えながら、「おまえたちのくせに」と言い放つ。

呼び覚ました？　私たちが怪異を？

碧唯は呆気《あっけ》に取られる。言っていることがさっぱりわからない。

「時間が惜しかろう。ゲネを飛ばしたくなければ、速やかに行うがいい」

ゆったりと狐珀が一同に促した。やる気があるのか、ないのか、不思議な態度に思える。

「わかった、やろうじゃない」

麗旺が手を挙げた。

「どうせみんなで、お経を唱えたりするんでしょ？　発声練習の代わりになりそうだ！」

随分と楽観的だったが、主演が言うのだ。鶴の一声に逆らう者はいない。

話はまとまった。狐珀がスタッフたちに指示を出す。なぜか舞台監督だけは、狐珀を無視して足早に出て行った。気のせいか、舌打ちが聞こえたような。

「我々はロビー待機になった。人が多いと集中できないらしいんでな」

杜山はそう言ってから、「すみませんがお付き合いお願いします」と照明スタッフに声をかけた。伊佐木を連れて、杜山は劇場扉に向かう。

場内は、ステージにいる俳優たちと、客席最前列の中央に座った黒装束の男だけ。

「浄演について、説明する」

狐珀がマイク越しに言う。

「執り行うのは、エチュードだ」

エチュード。何だっけ。本で見かけた気がするけど記憶にない。

「平たく言えば即興劇。セリフも動きも自由、どんな展開になってもいい。全員で芝居を続けてもらう」

アドリブ劇ということか。以前、オーディションで何度かやったことがある。決められたセリフも、大した筋書きもない。俳優たちが好きに会話を交わし、ストーリーを展開させていく。

「ただし、約束がある。**相手の役を否定しない**こと。お互いの演じる役を正しく把握し、受け入れたうえで言葉を交わし合ってほしい」

碧唯にも納得できた。相手が「学校の先生」を演じているのに、こっちが「生徒」として扱えば、セリフは噛み合わなくなる。自分の役が何者なのか、相手にしっかり伝える必要がありそうだ。

「また、**物語を破綻させる発言はしない**こと。その世界の住人として、生きてもらう」

なるほど。お芝居なのだから当然だ。メタ的な発言にも気をつけよう。

「役名は自分のままでもいいんですか？」

麗旺が質問した。

「構わない。そのほうが呼びやすいだろう」

志佐碧唯という名前で演じてもいいらしい。役名があると途中で混乱しかねないので、助かった。

「最後に。手を叩いて止めるまで、**勝手に舞台から降りないこと**」

どこか、脅しめいた含みがあった。

「もし降りたら」麗旺が試すような口調で、「どうなるんですか?」

「命の保証はしない」

「「はあ!?」」

再び揃《そろ》った驚きの声。

命の保証はしないって、怪我をするか、ないしは……死ぬってこと?

にわかに空気が重苦しくなる。狐珀は元・演出家と称された。さてはパワハラ系の演出家で、言うことを聞かない俳優に対して灰皿を投げたり、殴ったり蹴ったりといった暴力が行使されるのだろうか。そんな狂暴な雰囲気には見えないけど……。

「約束は以上だ」

碧唯は頭のなかでルールを反芻《はんすう》する。
①相手の役を否定しない。
②物語を破綻させる発言はしない。
③勝手に舞台から降りない。
よし憶《おぼ》えた。これくらいなら守れるはず。

俳優たちは依然として、顔を見合わせている。

「即興劇でお祓いするってこと？」

そう疑問を呈した真奈美に続いて、「それってお祓いなのか？」「ただのエチュードでしょ」「シアターゲームに近い感じ？」「そうそう多分」などと口々に話し出す。

要領を得ないのも当然だった。碧唯にしても、何のためにアドリブ劇を行うのか理解できていない。

「場面設定は、『本番前の楽屋』にしよう」

俳優たちには取り合わず、狐珀は淡々と続ける。

「ほかに設定は？」

と麗旺が尋ねても、

「以上だ。好きに演じるがいい」

と返すばかり。あまりに偉そうな物言いに、碧唯は笑いかけてしまう。

不思議だった。妖しい風体に怪しい言動。なのに、嫌な感じはしない。

それは、言葉に嘘がなさそうだったから。彼は真剣に話している。必要なことをやろうとしている。

信じてみようと、碧唯は思った。

「説明は終わった。参加する者は、これを」

マイクを客席に置いた狐珀が、俳優たちに両手を突き出す。それを機に何人もが舞台袖に逃げ込んでいく。

「あっ、みんな！」

そう言った麗旺から目を背けて、蜘蛛《くも》の子のように散っていく。関わりたくないという空気は明らかで、半数以上が楽屋へと引っ込んだ。

それでも麗旺や真奈美をはじめ、碧唯を含む七人が残った。「森林コンビ」のふたりもいる。小林にいたっては逃げたと思われたくないのだろう、狐珀にガンを飛ばしていた。

狐珀が両手のシルバーリングを外しはじめる。

「貸与する」

七人の俳優に、指輪が配られる。

碧唯が受け取ったのはシンプルなデザインのもの。安っぽいアクセサリーとは見るからに違う、上品な光沢を湛えている。付けろということらしいけど、男性のリングなんて……左手の人差し指にピッタリだった。狐珀って人、どれだけ指が細いのだろう。

「それでは暗転する」

狐珀が告げると舞台照明が消えた。

慌てふためく俳優たちに、スピーカーからマイクの声が降り注ぐ。

「浄演は、暗闇のなかで行う」

先に言って！

碧唯は心のなかで突っ込んだ。心臓にわるすぎる。

「さて」

狐珀が言う。トーンが明らかに変わる。

「想《おも》いを掬《すく》い、ともに物語ろう――浄演を開幕する」

きぃぃぃん。手を叩いたのだろう、左右に残った指輪の擦《こす》れる金属音が鳴りわたる。

指に嵌めたままなのに、奇妙なほど、清らかな音色を響かせた。

……はじまった、の？

ステージは静寂に包まれた。何も見えない。誰も言葉を発しない。

ぶぅー……んという、機材の音が天井から聞こえる。それから換気扇のファン。静けさが暴力的なまでに重くのしかかり、碧唯の喉を塞いだ。

目を瞑《つぶ》ってみる。余計に恐ろしい。開いても状況は変わらない。時間が経ったように感じたが、まだ十数秒のような気もする。得体の知れない焦りだけが膨れあがる。

落ち着け。雰囲気に飲まれるな。

指に嵌めたシルバーリングの感触を確かめる。滑らかな表面から伝わる冷たさが、お守りのように感じられて、冷静さを取り戻す。

碧唯は神経を研ぎ澄ました。誰かの息遣いを感じとる。誰かではない、二人、三人、いやもっと、碧唯はとらえた。

ステージに共演者が揃っている。息をしている。碧唯も呼吸をした。意識して、吸って、吐いて、また吸って。周囲も応えるように呼吸を返す。俳優たちの呼応。姿が見えずとも存在を嚙みしめる。

俳優同士、指輪を介して見えない糸で繫がっているように感じた。まるでそれは命綱だ。

大丈夫。相手役はいる。

碧唯のなかで、すとんと落ちた。いける。今なら言葉を出せるはず。

「あー、緊張してきました！」

言ったそばから身体が軽い。手を動かせた。頭も、肩も胸も腰も、一歩前に、歩くことだってできる。

「ほんと落ち着かないっすわー」

暗闇のなか。解き放たれたように、碧唯は自由を取り戻す。

「碧唯は初舞台だもんね、そりゃあ緊張するよ」

真奈美だ。セリフを返してくれた。すかさず碧唯は、「いや〜、頭のなかで何回もセリフを確認しちゃってます」と笑ってみせる。自然と受け答えが成立する。

「本番なんて、楽しめばいいんだよ！」

この声は……麗旺じゃないか。彼も加勢してくれた。

「そうだよ、やってる私らが楽しまなきゃ」「じゃないとお客さんだって楽しくないからね」

いつの間にか、口数が増えて和気藹々《わきあいあい》。実際の楽屋と変わらないノリがステージの上で再現される。

胸が高鳴った。碧唯の第一声を皮切りに、広がる言葉のキャッチボール。

即興劇と言われて身構えたけど、やってみると簡単だった。相手の言葉をちゃんと聞けばタイミングを合わせて返答できる。

姿が見えないことで、かえって得られる情報も多い。

言葉のトーンから温度が伝わる。相手との心理的な距離感も摑みやすい。

会話を交わすうち、暗闇のなかに楽屋の情景が浮かんでくる。場所がイメージできたことで話しやすくなった。「本番終わったら飲みに行くー？」「いいねえスタッフさんにも声かけとくわ」などと、打ち解けた俳優たちの輪に混じって、碧唯も一緒に笑い合う。

異変は、ふいにおとずれた。

新しい気配を感じる。足音も聞こえてくる。これは——。

「おはようございます」

低く、くぐもった声。地を這うようにして碧唯に届いた。

寒気に襲われる。身体の熱が抜けていく。

だってそれは知らない人。まわりにいる、共演者のものではない声。

「すまん、入り時間に遅れたな」

それでも聞き覚えがあった。碧唯は理解している。認めたくなかっただけ。

昨夜、舞台上から響いた男の遠吠えと、同じ声に間違いない。

みんなが一斉に口を閉ざした。いやな沈黙が、重圧となって心を掻き乱す。

俳優が、ひとり増えた……。

姿を確認したいのに暗くて見えない。いつまで経っても目は慣れず、まるで不思議な力が働いているみたいに、視界は真っ暗に包まれたまま。

「何だよ、黙るなよ」

男は言った。きっと私たち、全員に対して。

応じる者はいない。一様に、固唾をのんでいるのがわかる。

誰もが気づいたのだろう。新たな「共演者」の乱入に……。

「わるかったよ、大事な本番前に遅刻なんかして」

さらに迫られる。謝罪の言葉なのに、重圧が半端ない。

何か言わなきゃ。碧唯は思った。セリフを返さないと即興劇は滞ってしまう。

「お、おはようございます」

勇気を振り絞って発した。いるはずのない、そこにいる相手に。

「おう、おはよう！」

返答は碧唯だけに向けられる。会話が往復した。言葉を交わしてしまった。

叫び出しそうな碧唯だが、両手で口を押さえて我慢する。こわい。どうしよう。今にも深い闇の底に引きずり込まれるんじゃないかと、全身が震えてくる。

だけど、やるしかない。そう思い直す。

浄演ははじまっている。途中で投げ出すわけにはいかない。

「あはは、どうしたんですか。さては寝坊？」

あえて碧唯は軽口を叩いてみた。

「ちょっとな。夜勤明けで……いや、言い訳はしない」

「それは、お疲れさまです」

真奈美との会話を思い出した。本番前の夜勤バイトは、やはり珍しいことではないらしい。

「どうってことない」男は声を張り上げて、「今から発声やるぞ。喉を温めよう」

「わ、わかりました。あめんぼ、あかいな……」

「おい待てよ」

すぐそばで、碧唯は声をかけられる。

「志佐さん、誰と話してるんだ？」小林だった。

「今しゃべってる奴はキャストじゃないだろ」

「何だよ、仲間外れにするなよ」

男が言った。どこか哀《かな》しみを帯びている。

「急に参加してきて、おまえ誰なんだ！」

小林が怒鳴った。あたりに充満するのは、声にならない戸惑い。不穏な空気が漂いはじめる。

「誰って、決まってんだろ。俺は――」

男は名乗りをあげた。

「城川正太郎《きがわしようたろう》。舞台役者だ」

初めて聞く名前だった。

「ひあっ……！」

真奈美が喉を鳴らす。碧唯が「真奈美さん？」と尋ねても、

「あ、えっと、まさかそんな……」

と言ったきり、口を閉ざしてしまう。

何か知っているのに答えられない。その理由に、碧唯はすぐ思い当たる。

真奈美は、シアター・バーンの「曰く」について調べていた。

目の前の彼なんだ。城川正太郎。かつてこの劇場で亡くなったという、ひとりの俳優とは。

「おい、胡桃沢とやら！」

小林が客席に向かって吠える。「どういうつもりか説明しろ！」

「やめなって、それ以上は……」

「麗旺くんは黙ってて。俺は詐欺師が許せないんだ」

聞きながら碧唯も不安をおぼえた。小林はステージにいない狐珀に言葉を投げかけている。浄演のあいだ、物語を破綻させるようなことを言ってはいけないのだから、これは明確なルール違反。

「巧妙な手口だよ」

しかし彼は物怖じせず、「暗転で見えないようにして、別の役者を仕込んで登場させたんだろ」と息巻いた。

「さっき楽屋に逃げた奴らが怪しいな。最初から紛れ込んでたってわけだ」

狐珀は答えない。

「ビビらせやがって、何が目的なんだよ。どうせ金だろ。変なお守りとか、数珠とか、スピリチュアルなもん買わせようとしてるんだな？」

やはり狐珀は答えない。碧唯も共演者も、そして城川正太郎と名乗った者も黙っている。

「聞いてんのかよ、インチキ霊媒師！」

物語を壊すような発言のオンパレード。だけど碧唯には止められなかった。暗がりで不用意に動けないいし、おかしなことを言えば自分だってルールを破りかねない。

「ふざけやがって。おい、俺はやめるからな！」

ドスドスと前方に歩く足音。ステージから降りるつもりらしい。

「駄目です、勝手に……！」

碧唯が言い終わる前だった。

とすっ。振動がステージの床を伝う。そして静かになった。

「おい、どうした小林。おーい」

麗旺の呼びかけが、一方的に虚《むな》しく響く。

まずい。きっと倒れたんだ。物語のシチュエーションにそぐわないセリフを発したから。気を失っているのか、あるいは——命の、保証はしない。

狐珀の言葉を思い出し、怖気《おぞけ》が走る。

この場に立つ、みんなが思い知っただろう。

狐珀との約束を破った者には罰がくだる。即興劇から「排除」される。

まさに今、ひとり脱落……。

碧唯は祈った。死んでいませんように。どうか、気絶で済みますように。

「何だよ……わけわかんないよ……」

喘《あえ》いだのは、相方の森だった。

「いやだ……なんで芝居くらいで、こんな目に遭わなきゃいけないんだ」

姿は見えずとも様子が目に浮かぶ。なりふり構わない涙声がすべてを語っている。

「芝居くらい、だと？」

城川が反応した。剝《む》き出《だ》しの敵意に近い。

「板の上は命を張るところだ。覚悟もなく、舞台に上がっていたというのか？」

その問いかけは、雷のように碧唯の頭を打った。

「ぬるい奴は、舞台に立つ資格なんてねぇ」

びりびりと空気が裂ける。

「生半可な気持ちなら、このまま楽屋に引っ込んでろ！」

容赦なく放たれる禍々しいプレッシャー。生きた俳優よりも、はっきりと存在が感じとれる。

「すみません……」

森は蚊が鳴くような声で引き下がる。

その後ろで碧唯は言葉を失った。

城川は、真っ赤に顔を染め上げて全員を睨みつける。目も、鼻も、唇も、ぐにゃぐにゃと歪んで、短い髪は逆立ち、首筋には血管を浮き立たせ、仁王立ちしている。

そう、碧唯は見たのだ。城川正太郎の姿が見えていた。

タンクトップにジャージパンツ。贅肉《ぜいにく》のない四肢が、輪郭をともなって浮かび上がり、碧唯たちと同じステージに立っていた。

「嘘でしょ」

消え入りそうな麗旺の声が、城川に向かって発せられる。ほかの俳優たちにも姿が見えているようだ。

碧唯は理解した。

即興劇を使って、霊を呼び起こすという儀式。

それが胡桃沢狐珀の仕掛けた「浄演」なんだ。

馴染みのある場面を設定し、入りやすい会話で誘いこみ、この場に彷徨《さまよ》う魂を暴き出す。

——浄めるために、ともに演じる。即ち「浄演」と称する。

狐珀はそう言った。霊の魂を浄化するために、生きている俳優と共演させたんだ。

「さあ、いよいよ初日だ。全力で頑張ろうぜ！」

城川に答える俳優はいなかった。恐怖の蔓延《まんえん》を肌で感じとる。こんな状況では、アドリブのセリフなんて思いつけないだろう。

碧唯は覚悟を決める。

あとには引けない。城川が即興劇に参加してきたのは、きっと語りたいことがあるからだ。彼の言葉には嘘が感じられない。行き当たりばったりのセリフではなく、自らが抱いた想いを、城川は正直に語ろうとしている。

だったら対話を続けるしかない。

この「浄演」を最後まで演じきるしか、残された道はない。

碧唯は城川を観察する。

野太い声からは、もっと強靭《きょうじん》な体格を想像していた。その威圧感とは裏腹に、頬はこけて、目も落ち窪《くぼ》んでいる。

「楽屋に引っ込んでいるべきなのは、あなたです」

碧唯は言った。面と向かって、確固たる意思をもって。

「あなたこそ、ゆっくり休むべきでした」

意識的に過去形で告げた。相手に真意を伝えるために。

「ちょっと、碧唯……」

「真奈美さん、大丈夫。私は平気です」

「この俺に、舞台に上がるなっていうのか？」

鬼気迫った表情を目の当たりにする。

城川はリミッターが外れたかのように怒りを増幅させていく。少しでも気を抜けば押し負ける。こちらの意識が飛ばされてもおかしくない。

碧唯は考える。暗闇のなか、信じられるものは何だろう。

同じステージに立っている、共演者たち。

確かに存在する、感情をもった俳優の霊。

「どういうつもりか、教えてもらおうか？」

そのセリフに、城川の言葉に、碧唯は耳を澄ました。

言葉から想いを受け取り、自分の心で感じたことを、言葉に託して相手に送る。

そうすればわかりあえるはず。城川正太郎を知ることができるはず。

「だって城川さん」碧唯は言う。「すごく疲れてるじゃないですか」

威勢のいい声の裏に隠れた、疲労について指摘した。

「し、仕方ねえだろ。夜勤明けなんだから」

よく聞けば呼吸も浅かった。息遣いが、彼の体調を生々しく伝える。

「夜勤明けってことは、寝てないんですよね」

「家に帰って仮眠はとった。そのせいで遅刻しちまったが、どうってことない。板の上に立てると思えばな！」

碧唯は城川を見る。印象がまるで違った。虚《うつ》ろな目つきで、時おり息を漏らし、肩を上下させる。いくら遅刻してきたとはいえ、息が乱れたままなのはおかしい。先ほどの麗旺だってすぐに整えていた。

城川は立っているのが、やっとであるという相貌だった。

「身体が資本です」

碧唯は目を背けない。誤魔化さず、真心をもって語りかける。

「ゆっくり休むべきでした」

戻ることのできない、過去形で再び告げる。

「素人のおまえに何がわかる？」

威嚇する城川の声には張りがない。ますます弱ってくる。

「初舞台ですけど」碧唯は続ける。「私だって、ずっとバレーボールやってきて、体調管理の大切さは身に染みています。どんなにストイックに練習しても、本番で最高のパフォーマンスが発揮できるかどうか、それはコンディションに懸かっていました」

「俺は、この日を待ち望んでいたんだぞ！」

城川は喉を絞って叫んだ。

「いい脚本《ホン》だったんだ。熱い座組で、士気も高い。俺は心から、シアター・バーンに立ちたかった。最高の芝居が作れると、そう思って、一生懸命に稽古した。すべてはこの舞台の、板の上で、命を懸けて演技をするために……」

「毎日、遅くまで自主練していましたもんね」

「どうして知っている?」

「昨日、見たんです。ここで発声練習したり、動き回ったり」

あの遠吠えのような声は、発声練習だったと思い当たる。腹式呼吸で「あ」の音を伸ばし続ける、ロングトーンと呼ばれる基礎練習なら碧唯でも知っていた。

「壁が薄いから、家で練習すると苦情がくるんだよ」

照れ臭さを隠すように言った。垣間見《かいまみ》える、城川の意外な顔つき。

「夜なら自主練に使っていいって、ここの邑岡さんがな。金もねえし、甘えさせてもらっている」

劇場主は、深夜帯は無償で劇場を貸していると語っていた。

この場所で城川は日々、ストイックに芝居と向き合い、俳優としてのスキルを磨いたのだろう。

「だから、倒れちゃったんですね」

稽古が終わって、夜に自主練して、夜勤で働いて、また稽古。そんな日々を繰り返し、やがて限界を迎えてしまった。

「自分でも、よくわからねえんだ」

城川は語り出す。「場当たりのとき、照明が眩しかった。眩暈《めまい》かと思ったら、足が崩れて、ゆっくり視界が下がっていったよ。それからの記憶がない。気づいたら俺はひとり、ここにいた。真っ暗だった。建て込んだはずの舞台セットは撤去されて、劇団の仲間だって誰もいやしねえ。……もうぜんぶ終わっちまったんだと、気づいたよ」

過労死——限界を迎えた彼は、ステージの上で息絶えた。

しかし肉体は滅んでも魂が、芝居への情熱が消えなかった。城川正太郎は劇場に留まり続けた。

「城川さん。あなたが私たちに怒るのも、無理のないことです」

自然と口から出る。

厳かに頷く城川に、

「ああ、まったくだ」

「怒るって、いったい何の話？」

と、成り行きを見守っていたであろう真奈美が尋ねる。

碧唯は城川を窺った。その目は、続きを促している。

「城川さんは……」

頭をフル回転して想像を膨らませた。

「城川さんは、許せなかったんです」

ひとの心のなかなんて、他人は確証を得られない。

だけど相手の気持ちを推し量ることはできるはず。

「私たちが舞台上で、気を抜いて遊んでいるのが許せなかった。城川さんは一心不乱に頑張って、倒れるくらいまで自分を追い込んで、それで、そうまでしても……舞台に立てなかったのに……」

声を詰まらせてしまう。城川のことを思うとやるせない。彼ほどの気概をもってステージに足を踏み入れた者が、碧唯をはじめ、このなかにひとりでもいただろうか。

「俺は、舞台に立てなかった」

城川は碧唯を引き継いで、「それなのに同じステージの上で、へらへらした奴らが芝居をやっている。だから脅かしたんだ。板の上は危ないぞって。昇降バトンの照明機材や、重たいスピーカーに潰されたり、舞台セットの高台やキャットウォークから落ちたりすれば大怪我は免れない。覚悟なき者はステージから降りるべきだ」

狐珀の言葉を思い出す。**怪異を呼び覚ましたのは、おまえたち。**彼の言った通りだ。俳優たちの意識の低さが、城川の情念を揺さぶってしまった。

「じゃあ、田淵が怪我したのも……」

震える声で、真奈美が言う。

「ああ。舞台に立つ資格のない者は、怪我を負わせてでも立ち去ってもらう」

「そこまでするのかよ」

共演者から異議が出る。「麗旺だって危なかったぞ」「ひどいじゃないか」と、城川に対する非難が、恐る恐る連なった。

「……ひどくないですよ」

碧唯は一同を見回した。姿が見えずとも、ひとり残らず見据える。

「城川さんは、私を助けてくれました。場当たりの暗転中、何も見えなくてテンパった私の手を引いて、スタンバイ位置まで連れていってくれた」

「碧唯」

そっと肩に触れる腕。真奈美が近くにきて、寄り添ってくれる。

何も怖くない。碧唯は城川に言う。

「わるい人じゃないって、知ってます！」

「志佐碧唯と言ったな」

「はい」

「真面目そうだったから、おせっかいを焼いちまった」

首の後ろに手をやりながら言った。また照れている。根が優しく、不器用なほど真っすぐで、芝居を愛する舞台俳優。城川正太郎の人となりを、ステージの上で対峙《たいじ》しながら碧唯は知っていく。

「ありがとうございます。おかげでスタンバイ位置に着けました！」

深々と頭を下げてから、

「だけど、私も甘かったです。小さい劇場だし、心のどこかで『所詮は下積みだ』って、軽んじている自分がいました。あなたは違った。どこまでも純粋に、舞台に立つことだけを考えて、生きたのですね」

「役者に下積みなんてない」

城川は言う。「台本もらって、役を演じて、キャストとスタッフが全員で力を合わせて、一ステージずつ芝居を観客に届けていく。どんな劇場だろうと俺には関係ない、その瞬間の演技だけがすべてだ」

水を打ったように静まり返る。

誰もが自身と向き合っている、そんな心地よい時間が流れた。

「ごめん」

口を開いたのは、麗旺だった。

「どうせ楠麗旺のファンが観にくるだけだろうって、座組のみんなに思われて、距離を置かれている気がしたんだ。田淵が怪我でいなくなって、雰囲気がわるくなるのが怖くて、だから俺も精いっぱい場を盛り上げようと……でも、やり方が間違ってた。真面目に取り組むことから逃げていた」

「座長なら、芝居でみんなをまとめ上げろ」

厳しくも温かみのある声色。不思議と、もう疲れは滲んでいない。

「売れっ子だろうと新人だろうと、板の上では関係ない。皆が平等に生きられる」

「はい！」

「俺も、すみませんでした」

麗旺に続いたその声は小林のもの。よかった、無事だった。意識を取り戻してから城川との会話を聞いていたのだろう。

「麗旺だけが出てるわけじゃない」「うちらも自分の役を演じきろう」

みるみる場が活気づく。どこまでが即興劇で、どこからが現実なのか、境界線がぼやけて溶け合っていく。

ここは間違いなく「本番前の楽屋」だった。

「芝居っていいなあ」

城川が呟いた。碧唯たちを見て、羨ましそうに笑っている。

「あなたの想い、私たちは受け取りました」

碧唯は城川に向かって歩き出す。

その手をとる。ひどく冷たい。だけど温かい。

「皆さんと一緒に、最高の舞台をお客さんにお届けします！」

「懐かしいな、この感じ。久しぶりに本気でぶつかり合えた」

城川には生気が漲《みなぎ》っている。その活力に満ちた微笑みは、彼の俳優としてのエネルギーを思わせた。

「おまえらなら、いい初日が迎えられそうだ」

きぃぃぃん。

遠くから、金属音とともにクラップが響いた。

頭のなかが真っ白になる。優しい明かりがステージにもたらされる。

真奈美、麗旺、森林コンビにほかの共演者たち。欠けることなくステージに立っている。

目の前にいた、城川はどこにもいない。

わずかな気配を残して消えてしまった。

まだやれる。碧唯は思った。できることなら、もっと、一緒に演技がしたかった。

「――終演だ」

胡桃沢狐珀はマイクを通さず、静かに告げた。

真昼に夢から覚めたような、ふわふわとした心地。

碧唯は照明の灯ったステージの上で、立ち尽くす。

まわりの音がようやく耳に入ってきたころ、劇場の扉が開かれる。

「本番に向けて急ピッチで準備を進めます」

舞台監督が早口で言う。「キャストは衣装とメイクができ次第、舞台集合。スタッフは場当たりが再開できるよう進行してください」

瞬く間に慌ただしくなる。俳優たちは楽屋に戻ることになった。浄演については誰も触れないが、一同の動きは機敏で、高まったモチベーションを窺わせる。

碧唯だけが取り残された。いまだ、即興劇の暗闇を彷徨っているような心持ち。

狐珀も去っていく。黒い燕尾服の猫背を、ぼんやりと眺める。

「待ってください！」

ステージを飛び降りて、呼び止めた。

狐珀が振り返る。すごい身長差で見下ろされるが、先ほどのような威圧感はない。まるで彼自身の憑《つ》き物《もの》まで落ちたような、優しげな顔立ち。

「あの」

「驚いた」

言いかけて狐珀と重なる。マイクを通さない、かすかな地声。

「まさか、浄演を完遂するとは」

その目はわずかに揺れながら碧唯を見る。初めて感情が読み取れた。彼は本当に驚いているようだった。

「よく、出てきたものだ」

「何がですか？」

「セリフ。休んだほうがいい、などと」

「ああ、だってあの人」褒めるような口調にたじろぐも、「疲れてたじゃないですか」

「今日の浄演は特別だった。いつもは、奴も交えて本番を頑張ろうなどと盛り上がり、満足させて終わっていた、が……」

狐珀がステージを見やる。誰も立っていない。あの人の気配も消えている。

「城川の想いは浄化された。もう、表立って現れることはない」

除霊ではなく浄化と、狐珀は言った。そのほうがしっくりくる。もうきっと事故は起こらない。

「寂しいですね、あんなに舞台に立ちたがっていたのに」

劇場が安全になったのは喜ばしいけど、碧唯はそう思った。思ってしまった。

「膨れ上がった未練を鎮めたのは、おまえのセリフだ」

「でも私、演技のつもりはなくて。セリフというより思ったことを言っただけ……あの、浄演って何なんですか？」

碧唯は尋ねた。

身をもって体験したがわからない。確かなのは、身体に残る高揚感。

狐珀は、口元に手を寄せて沈黙する。

ややあって「ステージへ」と言った。

碧唯は舞台に上がる。

「目を瞑る」

言われるがままに瞳を閉じる。

「音を聞かず、耳を傾ける」

その指示は、わかりそうで、わからない。だけど実践してみようと思った。

さっきまでの感覚が碧唯のなかに残っている。心は穏やかに神経を研ぎ澄ます。雑音が遠ざかった。身体ごと、どこか深いところに、沈んでいくような……。

目を閉ざしたまま、ぶわりと世界が開かれた。

――聞こえる。

たくさんの、あらゆる声が、飛び交っている。

激しくステージを踏み鳴らす足音が木霊する。

――感じる。

息づかい、ひとの匂い。熱気を超えた、熱狂。

——見える。

碧唯を取り囲む、通り過ぎる、幾人もの俳優。

一人ひとりが躍動し、叫び、感情を発露する。

——包まれる。

なんだこれ。なんだこれ、なんなんだこれは！

あらゆる想いが舞台の床から噴き上がる。碧唯の身体を満たしていく。

「……はっ！」

クラップ音に驚いて、碧唯は目を開ける。

手を叩いたのはもちろん狐珀だった。前髪から覗く黒い瞳が、碧唯と交わる。

「わかっただろう」

「はい」

間違いなかった。ステージに残されていた。

今まで舞台に立ってきた、たくさんの俳優の、魂の欠片《かけら》のようなもの。

「劇場とは、想いが集まるところ」

狐珀が静かに述べる。

「生きているか、死んでいるかなど問題ではない。舞台に立ち、演技をすれば、必ずや想いは生まれる」

碧唯は感じとったばかり。数えきれないほどの俳優たちが残した、熱演の残滓《ざんし》を。

まるで喜びも、怒りも、哀しみも、楽しさも、あらゆる感情が綯《な》い交《ま》ぜになった海に身を投じるような、全身に染みわたる感動が、ステージには満ちていた。

「浄演とは、いま、おまえが経験したものに相違ない……」

「人のこと、おまえって呼ぶのやめてください」

感極まっていた碧唯だが、我慢ならずに言った。おかげで現実へと引き戻される。

「女子に今どきそんな物言いしてたら、怒られますよ」

「おまえ、というのは尊称であるが」

目を丸くして狐珀が反論する。

「すっごい昔の話でしょう、それ」

「であれば……貴君」

「さらに古そう！」

そもそも貴君って、男のひとの呼び方では。

「碧唯です。志佐碧唯」

名前を告げると、狐珀は「シサ、アオイ」と繰り返し、

「才能はある」

と、言った。瞬時に頭が沸騰する。

「え、あっ、ありますか、才能……！」

突然のことで受け止めきれない。いくら得体の知れない相手でも、自惚《うぬぼ》れてしまうじゃないか！

舞台デビューの現場で謎の演出家に見初められた、若き日の志佐碧唯。そんな文字列が瞬く間に浮かんでくる。どうしよう。もしかしてチャンスを掴んだのかもしれない！

心のなかで大はしゃぎしていると、狐珀の指が呼応するように煌めいた。両の手には元通りにシルバーリングが並んでいる。左手の薬指だけを除いて。

「って、ごめんなさい。返してませんでしたね」

とっくに回収してまわったのだろう。碧唯が急いで指輪を外しかけたところで、

「いつまで油を売っている」

舞台監督が割って入った。

「気は済んだか、胡桃沢狐珀」

怒られると思ったけど、矛先は狐珀に向いている。

「巌倉《いわくら》氏、ご無沙汰しております」

狐珀から親しみが消えて、不気味な佇まいへと戻る。明らかに壁が作られる。

「十年ぶりか？」

「正確には、十三年」

「てめえの噂は聞いてるぞ」

巌倉というらしい舞台監督は狐珀を睨みつけ、「浄演だか、何だか知らねえが、あちこちの劇場に出入りしているんだってな。まさか俺の現場に現れるとは……今回は杜山の顔を立ててやったが、気に入らねえ」

「くふっ」

狐珀が吹き出す。

「呼ばれたから来た、まで」

「それが気に入らねえんだよ」

「気に入られようとは思わない」

「俺は赦《ゆる》してねえからな……てめえが、あの時やったことを」

怒気をはらんだ巌倉の声。穏やかな人だと思ったのに、どうしたことだろう。碧唯は口を挟めるわけもない。

「てめえは、劇場に足を踏み入れていい人間じゃねえ！」

静まり返った。作業中のスタッフたちの注目が集まる。

杜山が慌ててやってきて、

「胡桃沢さん、お世話になりました」

と、その場を取り持つ。巌倉は舌打ちして、狐珀から距離を置いた。

「こちら、薄謝ではございますが……」

伊佐木が素っ気ない茶封筒を差し出す。

受け取った狐珀は、「領収書は要りますか？」と尋ねる。

「あっ、領収書、そうか、そうですね、できれば、はい」

意表を突かれたのか伊佐木はしどろもどろ。狐珀はお構いなしに、ジャケットの胸元から何かを取り出す。

小ぶりの、領収書の束だった。

「失礼。ペンを忘れた」

「あっ、では受付ロビーのほうで」

伊佐木と連れ立って、狐珀が劇場扉のほうに向く。

「その指輪は、預けよう」

「えっ……？」

背を向けたまま、狐珀は去っていった。

「オカルトまがいのことをやって日銭稼ぎか」

巌倉が吐き捨てる。「干された演出家ってのは、惨めなもんだ！」

当人にも聞こえていただろう。だけど戻ってくる気配はない。

「……あの人、どういう人なんでしょう？」

碧唯は巌倉に訊いた。少し間をおいて、

「胡桃沢狐珀。演出家としては天才だったよ」

遠くを見るような視線で、含みをもった調子で言う。

「巌倉さん、赦してないって仰《おっしゃ》いましたよね？」

劇場に足を踏み入れていい人間じゃねえ、とも。

何も知らないけど、交わした会話は少ないけど、そんな風には思えなかった。

「教えてください。狐珀さんは、いったい何を……」

「集合五分前ー！」

舞台監督はステージ裏の楽屋に向かって、声を張り上げる。

「ほら、早く準備に入るんだ」

有無を言わさない打ち切りだった。

語りたくないのだろう。すぐに巌倉は舞台袖に姿をくらました。

掌《てのひら》にのせた指輪に目を落とす。返しそびれてしまった。急に預けるだなんて言われても、どう扱えばいいのかわからない。

裏側に、英字が刻まれているのを見つける。

PRAY

何だっけ。プレイ。遊びって意味だったはず。いやでも、綴《つづ》りはLのような気が。紛失しないよう、指に嵌め直した。

綺麗に磨かれて傷一つない、滑らかな曲線が美しい。狐珀の左手薬指に付けられていたが、自分の指に移るとなんだか素敵な贈り物のように思えてきて、頭が瞬間的に沸騰した。

ちょっと待って。これってそういうこと……!?

演出家に見初められたどころか、初めて会った男にプロポーズされたという少女漫画的な妄想が膨らみはじめ、碧唯は急いで気持ちを切り替える。

楽屋に急ごう。思わぬ展開がありつつも、無事に初舞台を迎えられるのだ。こんなに嬉《うれ》しいことはない。今は本番に集中したい。

大丈夫。やれる気がする……!

もちろん緊張はしている。暗転で迷わないか、まだ不安だ。段取りを間違えたり、セリフが頭から飛んだり、突然のアクシデントだって起こるんじゃないか。考えだしたらキリがない。

だけど浄演を終えた身体は、今までの自分とは違う気がした。

城川から受け取った想いが胸のうちで疼いている。

本番を迎えてステージに上がれば、さらに火がつくだろう。

劇場とは、想いが集まるところ。

わくわくする。すごく単純な気持ちだけど、それが愛《いと》おしい。

志佐碧唯、二十二歳。

職業は女優……と名乗ってみせる。踏み出した道は険しいのかもしれない。いいじゃないかそれで。

芽生えた想いをステージに持っていこう。その瞬間だけを、全力で生きるために。

*

PRAY.02
「劇場の来訪者」

於:彗星劇場

*

「舞台面《ぶたいめん》、ごはん休憩に入りましたー」

制作チーフの庭川《にわかわ》が声を張る。舞台監督《ブカン》からのインカムを受け取ったのだろう。

「「はあい」」

劇場ロビーで各々の作業に従事していた制作スタッフたちが返す。開け放たれる、三つの後方劇場扉。その奥から話し声が漏れ聞こえた。

腕時計を確認すると十七時の少し前。進行は順調らしく、場当たりはタイムテーブル通りに進んでいる。受付デスクの前に座って、関係者予約リストから座席の割り振りに勤《いそ》しむ伊佐木綾乃《いさぎあやの》は、劇場内で着々と出来上がるお芝居に想いを馳《は》せて、安堵の息を吐いた。

「吉野《よしの》っちは、楽屋まわり行ってきて」

指示を出しはじめる庭川チーフ。「キャストさんにお弁当、二種類あるから説明と、ケータリングの補充をお願い。困りごとがありそうなら聞いておいて」

「了解でーす」

「水田《みずた》くんは喫煙所でブカン捕まえて。最前列の見切れ席、さっさと決めてほしいなーって笑いながら圧力をかける」

「あはは、わかりました」

冗談めかしながら無駄のない差配、さすがは制作二十年のベテランだ。これほどの大劇場を四人の制作スタッフでまかなう手腕は気持ちがいいと、伊佐木は感服する。この道に入って五年。ある程度の仕事はこなせるが、まだまだ師匠である庭川のようには立ち回れない。

「伊佐木っちー」

その師匠に呼ばれて、手を止める。

「小屋付きに確認事項あるから行ってくるね。ロビーのお留守番、お願いしてもいい？」

指示というより、まさにお願いする調子だった。

「ええ、もちろん大丈夫ですが」

つられて歯切れのわるい返事になる。いちいち了承を得るほどのことではない。

「大丈夫？」庭川は念押しするように、「ロビーに、ひとり残しちゃうけど……」

別に構いませんけど。

そう言いかけて伊佐木は黙った。庭川の様子に、引っかかりをおぼえたから。

「そっか。伊佐木っちは聞いてないのか、あの噂」

いつもの朗らかな笑顔が消えている。

「ほかのみんなが……ううん、いいやごめんね。すぐ戻る」

庭川は小走りで上手《かみて》側の階段を上がっていった。

「噂、ですか？」

何だったのだろう。

伊佐木はロビーを見渡した。だだっ広い空間には自分ひとり。

換気用に開けられた劇場扉の向こうから、インパクトドライバーの音が響いた。舞台セットの補強でビス打ちをしているのだろう。脚立を立てるガチャガチャという音も混じる。休憩をパスして働くスタッフの作業音が正確に拾えるほど、伊佐木のいるロビーは静かだった。

たくさんの人がいる劇場で、ふとおとずれるロビーの静寂。

伊佐木にはそれが心地よい。ああ、本番前だなあと思う。幕が上がれば多くの観客がロビーを行き交って賑やかになる。期待に胸を膨らませて来場し、観劇後は喜びに満ちて帰路につく人々を、お出迎えする大切な空間。それが劇場ロビーであり、伊佐木たち制作スタッフの職場だった。

しっかりと準備を整えようと、気を引き締める。

高校生のとき歳《とし》の離れた姉が出演する舞台を観て興味を持ち、スタッフの専門学校を経て演劇の道に進んだ。感情表現が苦手で話ベタ、とっつきにくそうな雰囲気だと思われがちだが、伊佐木はいつだって楽しんでいた。大好きな劇場にいられるのが幸せだった。

あと二日で公演初日だ。大きなエントランスドアの向こうからお客さんがやってくる。「観劇って劇場に来るところからはじまってるの」とは、庭川チーフの口ぐせだ。皆さまに最高の観劇体験をしてもらうため、私たち制作スタッフがいる。伊佐木も誇りを持っている。

エントランスドアが開く音で、顔を上げた。

「あれ？」

誰もいなかった。

庭川が戻ったのかと思ったが、彼女は上階の劇場管理室に行っている。

横開きのガラスの自動ドアは開ききって、少しのあいだ静止し、再び閉まっていった。

様子を窺うために伊佐木が立ち上がる。

誤作動とは考えにくい。配達員だろうか。透明なドアの向こうに人影は見当たらない。

エントランスに近づこうとして、足を止めた。

相変わらずロビーは静か。だが。

静かだが、さっきまでとは違う。

胸のうちがざわざわする。立ち尽くして動けない。

「………」

声をかけられた、ような気がした。

耳を澄ます。背後から聞こえるのは、変わらず劇場内の作業音。

ロビーには伊佐木ただひとり。

それなのに、それなのに……。

「………」

まただ。目の前で何かが発せられた。確信をもって感じとった。

誰かいる？

そんなはずはない。だって誰もいないのだから。何の姿も見えないのだから。

伊佐木は当たり前のことを頭のなかで唱えながら、同時に、思い出している。

先月の現場で遭遇した、あの不可思議な体験を。

ステージを横切った白い影。俳優に降りかかった怪我。舞台セットのパネル倒壊。

それらを鎮めるために現れた、黒ずくめの男。

そして執り行われた、得体の知れない即興劇。

あの一連の出来事から感じた、ねっとりとした空気の肌触り。似ている。まさに今、身をもって体感しているものと――。

「………」

「いやっ！」

小さく叫んだ。途端に心細くなる。まだ庭川は戻ってこない。

両手で口を覆って伊佐木は息を押し殺す。このまま何も起こりませんように。私の思い違いで終わりますように。

「………どうか」

聞こえた！

伊佐木の真正面から、言葉は発せられた。

「どうか……どうか……」

糸の振動するような、か細い声。男のひと。すぐそばにいる。じくりと耳の奥が痛んでくる。

庭川を呼ぼうと口を開いた。おかしい。何も言えない。しゃべり方を忘れたように喉が縮こまる。助けて。吉野か水田か、早くロビーに戻ってきて！

両腕に強い衝撃が走った。

焼けるような痛みとともに、二の腕の筋肉が締めつけられる。

「……お願いします」

自分に向けられた、それは切実なまでの懇願だった。

痛い痛い痛い痛い。叫びたくても声が出ない。身体を捻《ひね》っても逃げられない。誰かが両腕に縋りつく感触に、視界は歪んでぼんやりと溶けていく。

ふいに両腕が軽くなる。

解放された反動で、のけぞりながら後退《あとずさ》る。

かさり。

目の前で音が鳴った。誰もいないのに。

かさっ、くしゃ、がさがさっ。

聞き馴染みがあった。あれに似ている。

バサッ――――!

鼻先が風をとらえる。

「どうか……よろしくお願いします」

伊佐木の耳元で囁かれる。

大声で叫んでいた。振り絞っても、振り絞っても、自分の声は遠ざかっていく。

伊佐木の意識はぷつりと途絶えた。

×　×　×

志佐碧唯《しさあおい》は窮地に立たされている。

出しきったはずのため息が、胸の奥から湧き上がる。

目の前の鉄板プレートに残るのは、添え物のフライドポテトだけ。倍盛りで三〇〇グラムあった肉塊はとうにたいらげた。いちばん高いステーキ御膳サラダセット。やらかした。どうしてこんなものを注文してしまったのだろうか。

ランチのピークが一段落して、駅前のファミレスは空席が目立ってくる。約束したのは十三時。ただ今の時刻は十四時五十七分。ボックス席にひとり座りながら、碧唯の待ちぼうけは続いている。

マネージャーの小日向《こひなた》は、まだ姿を現さない。

定刻を過ぎて電話をかけたが「前の現場が押してます」と一方的に切られてしまう。辛抱強く待ってみるも、今しがた「リスケにしましょう」とメッセージが届いた。謝罪の言葉は一言もなし。

肩と胸板が膨らんだブルーのスーツ姿を思い出して、げんなりする。ワックスでがちがちな短髪に、両サイドはわざとらしいツーブロックの小日向は、いつも謎の自信に溢《あふ》れている。

ドタキャンかよ……。

今後の芸能活動について腹を割って相談する心積もりだったが、空振りに終わってしまう。いつもより気合いを入れてメイクしたのが馬鹿みたいだ。普段は使わない白のキャミワンピまで着てきたのに。

シアター・バーンでの初舞台を終えてから一か月。新しい仕事はもらえず、ただ寝て起きて、バイトに明け暮れる日々が過ぎていた。女優としてスタート地点に立ったのに、次へと繋がらない。

ため息ついでに、碧唯は指先に光るシルバーリングを見た。

怪しげな黒装束の演出家から預かったまま、いつでも返せるようにと持ち歩くうちに、愛着がわいてしまった。滑らかな美しさは眺めていて飽きない。

——才能はある。

胡桃沢《くるみざわ》狐珀《こはく》はそう評してくれた。志佐碧唯という原石が、ついに業界の人に発見されたのだ！

だけど、演技の機会がなければ才能など発揮できない。いま必要なのは次の仕事をもらうこと。事務所に売り込んでもらうこと。それが碧唯の主張だった。

「こちらお下げしますねー」

ウエイターが伸ばした手は、鉄板プレートを軽々と持ち上げる。

「あっ、待ってください。まだ食べます、まだ！」

ウエイターは「失礼しました」と置き直した。もったいない。ポテトをフォークで突き刺して口に運ぶ。しなびたポテトは脂で薄まった肉汁の味。

真剣にミーティングしたいから最初はドリンクバーだけ頼んだけど、小日向を待つうちに手持ち無沙汰で二杯、三杯とおかわりし、姿を見せないマネージャーに腹が立って、事務所の経費でおごらせようと食事を注文した。碧唯の直面している「窮地」とは会計のことだ。領収書をもらったところでどうせ自腹になるだろう。身銭を切るなら安いマルゲリータかナポリタンでよかったのに、ファミレスで暴食してしまうなんて……。

それでも碧唯はポテトを腹に納めきる。大学を卒業してから貧乏性が板についた。少しばかりの辛抱だ、女優として売れたら食生活は向上する。今日のことは新人時代の貧乏エピソードトークに使えるぞと考えたが、ステーキを食ってるだけじゃん、ネタとして弱いからボツだと打ち捨てた。

「こちらお下げしますねー」

先ほどのウエイターが同じ調子で、空になったプレートを回収する。寸分違《たが》わぬトーン、まるでセリフみたいだと感心するも、テーブルが広くなって落ち着かない。碧唯はドリンクバーコーナーで大好きなメロンソーダを注いで戻ってくる。スマホを開くと「リスケにしましょう」の文字列が目に入る。「やっぱり行けます！」だなんて新着メッセージは届いていない。

振り回されているなあと、自分でも思う。

所属事務所であるビッグスター・プロモーション、通称ビッグ・プロに対する不信感が拭えない。月に三万円、碧唯は事務所に支払っている。演技のレッスン費ではなく、コンポジット料だと聞かされた。コンポジットとは何なのか尋ねると、「プロフィール資料の作成や、営業のためのプロモーションにかかる費用で、所属タレントの全員から徴収している」と小日向から説明された。潑剌《はつらつ》として滑らかな口調に「そういうものか」と引き下がったものの、月額三万円もの対価を事務所から供されている実感はない。碧唯のプロフィール用紙にしても、A4一枚分にバストアップと全身の写真、身体的特徴の数値、学歴のほかには自己申告した趣味や特技が書かれているだけ。経費のかかりようがない。

やっぱり詐欺なのでは……。時おり、そう首を傾げる碧唯だが、詐欺ならば三万円では済まないだろうと逆に考えて、かれこれ一年も口座から引き落とされている。金払ってるんだから、私を売り込め！

と、本当なら言ってやりたい。しかし我慢する。大した実績もなく、業界のコネクションを有さない碧唯が頼れるのは、ビッグ・プロと小日向マネージャーのみ。不信も不満も飲み込んで、仕事をもらうほかない。

「そういえばストーリー見たー？」

「スタイリング可愛《かわい》かったよね！」

「えっ私まだ見てない。今見る！」

いつの間にか背後が騒がしい。さりげなく窺うと、制服姿の三人が来店していた。

「昨日だから、もう消えちゃってるかも」

「えー嘘、昨日インスタ全然見れんくて」

「私スクショあるかも、あったあった！」

恐ろしいスピードの会話だ。かつては学生だった碧唯でも、いまやJKは別の生き物のように思える。

「えーっ、めっちゃ可愛いこのコーデ～」

「ヘアメも似合ってるよね、音暖《のの》ちゃん」

その名前に、ぴくりと身体が反応した。

「あ～生まれ変わったら音暖ちゃんになりたーい！」

珍しいことじゃない。外に出れば耳に入ってくる。電車内に吊られた広告、街頭ビジョンの映像、ビルの上に掲げられた看板……いたるところで「彼女」に遭遇する。

世間は、南波《なみ》音暖で溢れている。

碧唯はメロンソーダを一息に飲み干した。伝票をとって、そそくさと席を立つ。

バイトのシフトは十八時から。家に帰るには微妙な時間だけど、ドリンクバーで粘るのも精神的につらい。ネットカフェにでも退避しよう。ああ、また無駄なお金が飛んでいく……。

「わっ」

ふいに着信音が鳴り響いた。慌てて碧唯は座り直す。

03ではじまる市外局番。知らない番号だ。うちの事務所の固定電話だろうか？

いや、もしかして！

碧唯は胸を高鳴らせる。お仕事の依頼かもしれない。きっとそうに違いない。いや絶対そうだ。あの初舞台を観たお偉いさん、おおかたキー局のドラマプロデューサーか、映画祭ノミネート常連の大御所監督あたりが、私の演技に惚《ほ》れこんで、出演交渉のために直接コンタクトを取ってきた……！

落ち着こう。焦ってはいけない。

浮ついたテンションが見え透けば、軽んじられる。あくまでも冷静に、礼節をもってプロとして、先方のお話を拝聴しよう。

大きく息を吐いてから、スマホをタップした。

「……もしもし、志佐碧唯です」

三十分後、劇場の前に着いた。

「なんで？」

目の前にそびえ立つ男に碧唯は尋ねる。「なんで私の番号を知ってるんですか？」

電話の相手は胡桃沢狐珀だった。お偉いさんでは全然なかった。

「事務所に問い合わせた」

黒装束の男は淡々と答える。簡単にタレントの連絡先を教える芸能事務所に恐ろしさをおぼえた。個人情報の取り扱いはどうなっているのだ。

「それで、なんで私は呼び出されたんですか？」

電話口では詳しい説明がなかった。というか狐珀の声が小さくて聞き取れなかった。かろうじて把握できたのは「彗星《すいせい》劇場に来てほしい」という要請のみ。碧唯でも知っている都内屈指の大劇場である彗星劇場。今まさに、そのエントランス前で狐珀と落ち合ったばかり。

「呼んだのは、才能があるからだ」

「へえっ!?」

奇声が出てしまった。

「才能、やっぱ私あります？」

「ああ」

「ええー、どうしよう～」

面と向かって言われて頬が緩んだ。悶《もだ》えるように身体をくねらせる。

先日と同じく、黒いスパンコールの燕尾服に身を包んだ出《い》で立《た》ちは、胡散臭《うさんくさ》くてたまらないし、その表情からは一切の感情が読めないのに、冗談やお世辞には聞こえないから不思議だった。狐珀の手を盗み見ると、左の薬指だけ指輪が空いたまま。貸与されたシルバーリングは、やはり演出家としてのプロポーズ。「きみのことは目にかけているよ」という意味に違いない！

「ってことは、仕事を紹介してくれるんですね！」

萎んだはずの期待が膨らみはじめる。演出家なら業界に顔がききそうだ。舞台に映画に、テレビの現場だってコネクションは豊富だろう。

「ここで、どなたかお待ちなんですか⁉」

碧唯は劇場を見上げた。豪奢な雰囲気をたたえる立派な外観。公演の主催は大きな会社に違いない。

「もう～。お偉いさんに引き合わせてくれるなら、そう言ってくださいよ～」

にわかに緊張してきた。心の準備を急いで整える。

狐珀は前方に歩みを進めた。大きなガラスの自動ドアが開いていく。

「わあ……」

毛足の短い深紅の絨毯を踏みしめる。大理石のようなツルツルの白壁に、高い天井から吊り下がったシャンデリア。まるでお城のようなロビーは、シアター・バーンが丸ごとおさまりそうなほどに広い。碧唯は異世界に飛び込んだ心地に包まれて、しばし呆然《ぼうぜん》と佇んだ。

「胡桃沢狐珀さんですね？」

近づいてきたのは、紺スーツの女性。

「庭川と申します。こちらの舞台で、制作チーフを務めております」

話は伺ってますからと、慣れた手つきで名刺を取り出して笑顔をみせた。四十歳前後だろうか。世話好きそうな柔らかい印象のなかに、いかにも古参スタッフといった落ち着きがある。

狐珀は名刺を受け取ることなく、

「連絡を寄越《よこ》したのは――」

「ええ、私ではありません。伊佐木っち！」

呼ばれて、ロビーの角から顔を出した女性が小走りでやってくる。

「ご足労いただきありがとうございます」

狐珀に頭を下げた女性には見覚えがあった。

「あっ伊佐木さんだ」先月知り合ったスタッフだと気づく。「どうも、一か月ぶりです！」

「志佐さんもご一緒でしたか」

「髪染めたんですね～、一瞬わかんなかった」

明るかった茶色い髪が黒く上塗りされている。

「格式の高い劇場ですからね」伊佐木は重厚な劇場扉に目をやって、「あの髪色のままってわけにはいきません」

「なるほど、そういう感じなんですねえ」

ロビーは劇場の顔だ。庭川がスーツ姿なのも含めて、TPOの一環であろう。

「またすぐに」伊佐木は照れるように、「元のカラーに戻しますけどね」

「ですよね、お似合いでしたもん。私も染めよっかなあ~?」

「……わずらわしいな」

狐珀が冷たく言い放つ。

雑談を咎められたのかと思いきや、天井を仰いだまま、「消してほしい」と呟いた。

「ええと、消す?」

「明かりですよね」

要領を得ない庭川の代わりに、伊佐木が動いた。白壁の隅に手を伸ばすと照明が次々に落とされる。

「ああ……いい……」

狐珀が肩を緩ませる。そういえば蛍光灯が苦手なんだっけ。変なひとだけど、そこはかとなく天才っぽさが匂い立つ。

窓のないロビーは途端に薄暗くなり、正面出入口のガラス扉から光が差し込むばかり。ほんのりと照らされた絨毯の色味が、どこか物悲しさを醸し出す。

「経緯の説明を、よろしいか？」

狐珀が伊佐木を促した。

「あっ、はい」

彼女は唇を噛んで、少しのあいだ黙りこむ。今から話すことを整理しているように見えた。

「胡桃沢さんを、お呼びしたのは他でもありません」

空気が引き締まる。

碧唯をお偉いさんに引き合わせるといった雰囲気とは程遠い。

「また、おかしなことが起こりまして……」

伊佐木は事の次第を話し出す。

それらは昨日、彼女の身に降りかかったもの。

ひとりでに開いたエントランスドア。近づいてくる気配に、お願いしますと繰り返される男の声。誰かに触れられた感覚と、両腕の痛み。

「………。」

「聞こえているか？」

　はっ。狐珀に言われて硬直が解けた。

　碧唯は鋭い視線に見下ろされている。両手で耳を塞いでいたことにも気づく。

「だって、怖い話は苦手なんですもん」

　耳を塞いだところで無駄だった。伊佐木の恐怖体験を臨場感たっぷりに思い浮かべてしまう。今夜ひとりでトイレに行けない。

「か、勝手にドアが開くものですかねえ。誰かが通ったんじゃないですか？」

　碧唯は恐る恐る、エントランスドアに目をやった。

　何事もなく閉まっている。透明なガラスの向こうには外の景色が広がり、不穏な感じはしない。

「すぐに確認しましたが」

　伊佐木は眉を下げたまま、「通行人がいたわけでもなく、故障とも思えません」

「ほら、ノラ猫が横切ったんですよ！」

　わざと明るく言ってみる。小動物にセンサーが作動したと考えるのが自然だ。すばしっこくて伊佐木は見落としたのだろう。

「そのあとの、説明がつかない」

「うう……ですよねえ」

狐珀の真剣な眼差《まなざ》しに押し負ける。その日は疑うことなく伊佐木の言葉を信じていた。

確かにドアの開閉より、そのあとのほうが問題だ。彼女は「見えざる人の気配」を感じとり、両腕まで掴まれている。

「ただ、不思議なんですけど……」

伊佐木がブラウスの袖をまくった。細くて青白い腕が露になる。

「あんなに痛かったのに痕が残ってないんです。気がついたら痛みも引いていました」

「よかった。腫れちゃったら大変ですからねえ」

「夢でも見たんでしょうか」

彼女は袖を戻しながら、

「だけど、掴まれたのは確かなんです」

「強いな」

狐珀が呟く。その存在を認めるように。

「それじゃあ本当に……幽霊が劇場に入ってきた、ってこと?」

厄介な事態に見舞われているらしい。一時的とはいえ、痛みを伴うほどの接触だなんて、ステージで碧唯の手を引いた城川正太郎よりも強い情念を感じさせる。

「こちらが招いたのか、あるいは、招かれざる者か」

狐珀はエントランスを凝視する。つられて碧唯も目をやった。

姿の見えない誰かが前に立ち、開かれる自動ドア。今にも同じ現象が起こりそうで顔を背けてしまう。

「私にも責任があります」

庭川が伊佐木の背中に手を添えて、

「伊佐木っちをロビーに置き去りにしたんですから。怖い思いをさせてごめんね？」

「謝らないでください」伊佐木は両手を振り、「そんなことが起こるなんて、予想できるわけありません」

「それが、予想できていたのよ」

庭川の口から飛び出したのは、まさに予想外の言葉だった。

「もしかして」碧唯は唾を飲み込んで、「この劇場も曰くつきなんですか？」

「そうではないのだけれど……」

庭川はチラチラと周囲に目配せする。

遠巻きに、ほかのスタッフが視線を寄越していたことに気づく。どうしたのだろう。

怪しげな黒い男の来訪に怯《おび》える、というよりは野次馬的な関心が向けられている。

「水田くん」

庭川に促されると、そわそわしながら男性スタッフが寄ってきた。

「実は、僕も同じ体験をしたんです」

「ええっ!?」

思わず前のめりになった碧唯に、水田と呼ばれたスタッフはたじろいで、

「あのでも、ここじゃありません。今月の頭、別の劇場での話でして……」

「ここじゃないんですか？」

碧唯は言葉を繰り返してしまう。話が見えてこない。

「ですけど同じことが起こりました。ドアが勝手に開いて、『お願いします』って聞こえて、両腕を掴まれて……伊佐木さんの話を聞きながら、鳥肌が立ちましたよ」

「別の場所でも……」

碧唯が首を傾げたのを見計らうように、

「ちょっといいかい」

新たに、ふくよかでベリーショートの女性が駆け寄ってくる。

「それ、どこの劇場のこと？　もしかして――」

彼女が異なる劇場名を告げると、水田は「違います」と、さらに異なる劇場の名を挙げた。

「そっちでも……いえね、参っちゃったのよ。毎日毎日ノイローゼになるかと思ったわ」

「えっ、吉野さんも!?」

水田が素っ頓狂な声を上げた。吉野というスタッフが相槌《あいづち》を打つと、互いに顔を見合わせる。

「待ってください……」

伊佐木が消え入りそうな声で吉野に問う。「毎日って、一回だけじゃないんですか？」

「そうよ。うちは二週間のロングラン公演だったけど、毎日ドアがひとりでに開くんだ。しかも自動ドアじゃなくて、手で押して開けるタイプなのに」

聞きながら、みるみるうちに青褪めていく伊佐木。

「最初はねえ、風が強いんだろうって思うことにしたけど、ほとんど決まった時間に開くんだもん。どう考えてもおかしくって……」

「それって」

伊佐木が吉野を遮り、「十七時でした？」

「んんとね、十五時あたりが多かったかなあ」

「僕の場合は」水田も答える。「仕込み日では十二時過ぎ、本番がはじまってからは十六時くらいだった」

「時間は皆さん、ずれているんですね」

碧唯が言うと、水田が「あっでも、休憩時間が多かったですよ」と付け加える。

「うちもそうだった！」とは吉野だ。「こっちのタイムテーブルを把握してるみたいに、休憩中にドアが開くんだよ。スタッフが何人いてもお構いなし、ロビーにいる誰かが被害に遭う。ひとりだと自分に来ちゃうから、時間が近づいたら全員で固まってビビってたわねえ」

それきり、制作スタッフたちは揃って困惑の表情を浮かべるばかり。

「くふっ」

場違いな音が耳を抜けた。

狐珀が笑っている。くく、くっふ、と小刻みに身体を揺らしてから、

「これは珍しい」

と、首をまわして振り返った。能面のようだが目の奥は妙に楽しそう。

「普通は一か所で起こりそうなものですよね」

碧唯が疑問を口にすると、狐珀が目線で同意を示す。

「想いとは、特定の場に留まるもの。が、これは――」

舞台上に残り続けた城川がそうだった。地縛霊なんかも同様のイメージがある。

いったいどうしたことだろう。同様の怪異現象が、複数の劇場で起こるなんて……。

「私はチーフの立場上、休憩時間にロビーを離れることが多くて遭遇していませんが」

そう庭川は前置きして、「噂は聞いてました。スタッフの間でも広まっていて、何だ

か不気味じゃないですか。これから毎日、同じことが起こるかもしれないと思うと不安で……胡桃沢さん」

　庭川が狐珀の前に回り込み、姿勢を正した。

「お祓いをしてください。胡桃沢さんは、劇場専門の除霊師とお聞きしました。お客さまがお越しになる前に、お祓いを済ませて本番を迎えたいんです」

「お祓い、ではない」

「えっ？」

「耳を傾け、想いを鎮める――そして願わくは」

　狐珀は碧唯を見て「浄化を図る」と締めた。思いがけない目配せに、なぜか頬が熱を帯びる。

「はあ……」

　庭川は要領を得ないようだったが、

「仔細《しさい》を知りたい」

と、狐珀はさらなる情報を求める。

　水田と吉野。先に怪異に遭遇したスタッフは、よほど興奮しているのか、食い気味に自身の体験を話してくれた。

　いくつかの共通点が浮かび上がる。スタッフ仲間に聞いた噂も含めて、被害はここ一か月に集中しており、いずれも客席数が七百を超える大きな劇場で起こっていた。

「うーん、誰なんですかねえ？」

碧唯に答える者はいない。みんな疑問に思いながらも、見当がつかないようだ。

あちらこちらの大劇場に、突如として訪れるようになった幽霊か。

「最近亡くなった俳優が」碧唯は考えながら口にする。「死んだことに気づかないで、劇場にやってくる……とか？」

自信なさげに言ってみるも、一同の反応は芳しくない。

碧唯はスマホで検索する。この数か月のうちに、急逝した俳優がいないか調べてみた。

「それらしい人は、いないっぽいですね」

ニュースでも訃報を聞いたおぼえはない。

「最近、亡くなったといえば……」

伊佐木は自身のスマホを操作して、碧唯たちに画面を見せる。

それはSNSの投稿だった。

「……若いですね、私と同年代かな」

第一印象が口をついて出た。笑顔の自撮り写真とともに、親族の代筆メッセージ。女優である家村《うちむら》澄花《すみか》が永眠したと簡潔に伝えられている。持病の悪化によるものらしい。

「以前、小さな舞台ですがご一緒しました」伊佐木が悼むように、「明るくて礼儀正しい子です。身体が弱いなんて知りませんでした、残念です」

「まだまだこれからって感じなのに……」

人はいつ死ぬかわからない。自分も例外ではないのだと、碧唯は突きつけられる。

「そうですね。所属事務所は大手で、マネージャーの方も熱心な印象でした」

「うわ」碧唯は自分のスマホでも調べながら、「すごい有名なところだ……」

アーカムプロダクション。日本でも指折りの芸能事務所で、誰もが知るトップスターが多く在籍している。きっと約束された女優街道を歩んでいたに違いないのに、これほど若くして亡くなるなんて、現世への未練が残ってもおかしくない。

「だけど、言いにくいのですが」

碧唯が切り出すと、「ええ」と伊佐木は先回りして、

「この子ではないと思います。私が聞いた声は男のひとでしたから」

「僕も男でした」と水田が言い、「同じく」と吉野が続く。

劇場に現れそうな直近の故人は、誰も思い当たらないようだった。

「休憩でーす」

劇場側の扉が開け放たれる。なかから顔を出した、スタッフと思しき男がロビー全体に向かって、

「場当たりは巻いて終わりました。予定通り、十八時からゲネプロです」

「承知しました、お疲れさまです」

庭川の声が心なしか和らいだ。いい進行ペースのようだ。

「じゃ、喫煙所にいるんで何かあったら」

お尻のポケットをまさぐりながら、男は通路の角に消えていく。

「私は作業がありますので」庭川が言う。「いったん失礼します。伊佐木っちは、胡桃沢さんと一緒にいていいからね」

「すみません、ご迷惑をおかけして……」

「気持ちよく明日の本番を迎えましょう」

颯爽《さっそう》と、制作チーフは奥に駆けていった。

休憩時間に入ったということは……。

いつエントランスドアが開いても、おかしくないってこと？

「あっ、あの！」

碧唯は慌てて伊佐木に、「せっかくなんでステージのほうを見学してもいいですか？」

「はい。舞台に上がらなければ大丈夫だと思います」

「ありがとうございますっ！」

狐珀を避けるようにして、開けられた劇場扉に向かう。うまく口実を作ってロビーを離れられた。もう怖いことには巻き込まれたくない。

劇場内に足を踏み入れる。

「すごーい！」

思わず声が出た。すぐ碧唯は声に出る。

まさにそこは「劇場」だった。

悠然と四方へ波打つ客席は、高級感のある深紅で統一されている。両サイドには二階席、そして三階席まであった。ステージに建つのは荘厳な舞台セット。ヨーロッパ調の豪華絢爛《ごうかけんらん》なお屋敷に、無数の照明が降り注ぎ、キラキラと白銀色に輝いている。シェイクスピアかチェーホフか、勉強不足で定かじゃないけど、有名な演目に違いない。劇場内の黒い壁はシックな美しさを湛《たた》えており、いるだけで贅沢な心地に包まれた。

これが彗星劇場。都内屈指の大劇場で行われる公演。

いつか、絶対ここに立ちたい！

客席階段に立ったまま思った。ひと月前までドラマ出演を目指していた碧唯だが、初舞台を踏んだことで、演劇への興味も湧いていた。一つひとつの現場が、この大劇場に繋がると信じて頑張ろう！

「はいはい、通してね～」

いつの間にか後ろに人がいる。ステージに見惚《みと》れて通路を塞いでいた。

「失礼しました！」

碧唯が避《よ》けると、女性は目を合わせることなく通過していく。

豹《ひょう》のような鋭い目に、うっすらと笑みを浮かべる赤い唇。その横顔には見覚えがあった。

「お疲れちゃ〜ん、順調みたいねえ」

「あっ、椙本《すぎもと》さん。お疲れさまです」

客席中央に座った男が、立ち上がって頭を下げる。男の手にはタブレットとペン、おそらくは演出家だろう。

「仕上がりは上々らしいじゃな〜い？」

「役者たちがいい仕事してくれてます」

「ええのう、ええのう。ゲネプロ期待してるから〜」

客席で立ち話をはじめるふたり。思わぬところでチャンスが巡ってきたと、碧唯は心臓が脈打つ。

すぐさま近寄った。あご髭《ひげ》をたくわえた壮年の演出家、が目当てではない。

「あの、お話し中のところ失礼します」

声をかけると女性が振り返った。花柄のワンピースなのに、肩パッドが入ったみたいな力強いショルダーライン。胸元にビビッドな鎖柄のスカーフが色めき、頭の上には大きなサングラス。今どきいるんだ、こんな人ってくらいバブルの生き証人のごときコーディネートだ。絵に描いたようなビジュアルから放たれる業界オーラに、碧唯は酔っぱらいかける。

「出演者？」

女は碧唯の頭からつま先まで、さっと目を走らせた。

「あっいえ、違うんですけど……椙本さんですよね？」

「そうだけど」

椙本佳奈子《かなこ》。キー局の有名プロデューサーだ。辣腕で知られ数々のヒット作品に携わり、本人が自らテレビ出演することも多い。

「前に私、椙本さんプロデュース映画の、オーディションを受けたんです」

「あらそう〜！」

パッと顔が華やいだ。よかった、思い切って話しかけて！

「そのときは書類審査で落ちたんですけど、いま椙本さんをお見かけして、ご挨拶したいなと思って。あの私、志佐碧唯と言います。まだ女優をはじめて日は浅いですが……」

「ストップ」

前のめりになる碧唯を、手のひらをかざして椙本が制した。

「あなた、事務所は？」

そう問われ、所属事務所の名を告げる。

「ビッグスター・プロ。ふうん、知らないな。わるいけど事務所を通してくれる？」

「あ……」

「いるのよねえ。現場にまで押しかけて、売り込む人たち。でも普通そういうのは、せめてマネージャーがやるものでしょ？」

「私はただ、ご挨拶を……」

「度胸は認めるけど」相本はそっぽを向いて、「次からは事務所経由でお願い。タレントと直接やり取りすると、トラブルのもとだから」

「わかりました。こ、今後ともよろしくお願いします！」

再び彼女が振り返ることはなかった。

碧唯は存在感を消して、客席通路にまで後退する。

一蹴。そう呼ぶに相応しい。頭は沸騰して顔が火照った。小日向がいてくれたら、きちんと挨拶できたかもしれない。つくづく現状が歯がゆかった。

ステージのほうを見やる。

スタッフたちが作業を行う傍らで、幾人かの俳優が立っていた。碧唯は身をかがめて客席階段を下りる。前方席にまで近づくと、いずれも名前を知る俳優たちだとわかった。すごい、こんな間近に芸能人がいる。碧唯のミーハー心が疼いてくる。

彼らは演技の確認をしているらしい。気迫に満ちた表情で、互いにステージを動いてみたり、小声でセリフを合わせてみたり。碧唯は見入った。肌がビリビリと振動し、呼吸が荒くなっていく。

何、これ……？

尋常ではない熱量を発する演者たち。

軽く演技を合わせただけの、その断片的なアクションにすら心を奪われる。

これがプロの俳優たち。本番を考えると身震いした。本気で芝居がぶつかり合えば、圧倒的な感動が客席に渦巻くのだろう。格の違いを思い知らされる。いまの自分では遠く及ばない。もっと実力を磨いて、経験を積まなければ、このステージに立つことは叶《かな》いそうもなかった。

どうすれば、こんな境地に辿り着けるのだろう……。

「あれーっ、あの時の！」

急にステージから話しかけられ、碧唯は身を竦める。

怒られたのかと思ったがそうではない。貴族のようなフリルの衣装を纏《まと》った、楠麗《くすのきれ》旺《お》だった。

「ええと、志佐碧唯ちゃん」

こんな下っ端のことをよく記憶している。小日向なんてしょっちゅう「志田《しだ》」と呼び間違えるのに。

「麗旺さん、この前はお世話になりました」

「こちらこそ！」

「奇遇ですね。こんなにすぐ再会なんて」

そう言った碧唯に、「業界って狭いから」と麗旺がはにかむ。

「役者もスタッフも、毎週どこかの劇場に誰かしらいるもんだよ」

今後のスケジュールが真っ白な碧唯には耳の痛い話だったが、「ぜひまた共演させてください」と返した。

「初舞台だったんでしょ、終わってみてどうだった？」

「いやあ、それが……」

碧唯は苦笑いで濁してしまう。

正直に言えば、言葉が見つからないのだ。

本番前に台本をチェックして、頭のなかで演技をシミュレーションしたのに、いざステージに立つと頭のなかは真っ白になって、気がつくと出番が終わっている。それを繰り返して千秋楽を迎えていた。だけどそんなこと、共演した麗旺には言えない。

そう思った矢先、

「記憶にないのだろう」

背後から、おどろおどろしい声が響いた。

振り返ると狐珀がいた。心までも読めるらしい。

「おっと、除霊師さん。お久しぶりです！」

麗旺は嬉々《きき》としてステージから客席サイドに飛び降りて、

「あれから俺、反省したんですよ。落ちぶれたと思って腐ってたけど、心を入れ替えて、真面目に芝居と向き合うことにしました。言うて演劇が好きなんで。除霊師さんのおかげで怪我もなく、今日も元気に俳優やってます！」

手をとってガッツリ握手する麗旺に、「除霊師では、ない」と訂正する狐珀。

「ごめんなさい、ろくに憶えていないなんて失礼ですよね」

碧唯は謝りつつ、「でも何だか、まだ初舞台を踏んだ心地がしないんです」と正直に告げた。

「あはは、誰だって最初は地に足がつかないもんだよ」

麗旺は軽い調子で、「場数を踏んで慣れていこう」と励ましてくれる。

「や、優しい……」

さすが元子役のスター。狐珀と違って気遣いのできる人だ。

「ところで」

麗旺がふたりを見比べながら、「どうしてここに？」

「それが、急に呼び出されまして……」

と、碧唯は不満げな顔をつくって狐珀を見た。てっきり仕事をくれると思ったのに酷《ひど》いんですよ狐珀さんったらまた怖い話に人を巻き込んできて～、と愚痴りかけたところで、

「呼び出されて、ひとりで来ちゃったの？　マネージャーも連れずに？」

「えっ、そうですね」

麗旺の詰問調にたじろぐ。

「碧唯ちゃん。仕事がもらえるかも～って、期待したんじゃない？」

「さ、最初からそう思ったわけじゃないですけど、才能があるって言われたし……」

痛いところを突かれて返答に窮してしまう。

「気をつけたほうがいいよ」

麗旺は真剣なトーンで、

「芸能界には、わるい大人もいるんだから。立場を利用して女優に手を出そうとする奴だって……」

「えっ、そうなんですか!?」

思わず身を竦めて狐珀を睨む。

「配慮が、足りなかったようだ」

謝られて、逆に気まずくなる。

「狐珀さんは大丈夫だと思うけどさ」

麗旺が取り成すように、「まずは事務所に相談すること。何も知らない子が一番狙われるんだから」

黙って碧唯は頷いた。

指輪一つで都合のいい妄想を広げた少女漫画脳が恥ずかしい。舞い上がり過ぎず、少しは地に足をつける必要がありそうだ。

とはいえ、先輩俳優からの忠告は受け取ったものの、小日向を頼ることができるのか、今後も自信が持てない碧唯だった。ますます心細さに拍車がかかる。やはり一度、ちゃんとマネージャーと話さなくては……。

「んで、なんでここにいるんだっけ？」

麗旺が話を戻す。

碧唯は伊佐木から聞いたばかりの体験を、かいつまんで伝えた。

「何だそれー、超こえー」

言葉とは裏腹に楽しげなリアクションで、

「じゃあ、あれっすね。また『浄演』やるんですね！」

と、目を輝かせる始末。

「浄演を執り行うか、否かは――確かめる必要がある」

狐珀はそう言って踵《きびす》を返した。麗旺が後ろをついていく。碧唯も仕方なく続いてロビーに戻った。

「なんか……薄暗くない？」

麗旺がロビーを訝《いぶか》しげに見回す。

「狐珀さんって、明るいのが苦手だから」

碧唯が答えると、狐珀はこくりと頷いた。明かりはエントランスドアから差し込む西日だけ。彼にとっては心地よい照度なのだろう。

「なんだよ〜、また暗転してお祓いがはじまるのかと思ったぁ」

まだ「お祓い」と言っている。人の話を聞かないタイプだ。

「てか、聞きましたよ伊佐木さん！」

麗旺は受付カウンターに座る彼女に、「まーた怖い思いしたんですよね？」

「ええ、まあ。お騒がせしてすみません」

「もっと詳しく教えてくださいよ」

興味津々な口ぶりで迫る麗旺。

「ゲネプロに向けて休憩はいいんですか？」

碧唯が気にかけても、「時間あるし、余裕余裕」と笑ってみせた。

「ふむふむ。昨日の五時に、入口の自動ドアが勝手に開いた。誰もいないのに『お願いします』という声が聞こえる。伊佐木さんは恐ろしくなって気絶した……と」

二時間ドラマの探偵のような言い回しで、麗旺が整理する。

「同じことが、ほかの劇場でも起こっている……これだけでは何もわかんないなあ。ほかに手がかりは？」

「そう、ですねえ」

伊佐木が考え込む。

「誰かが向かってくる気配があったとか？」

「真っすぐ私に、って感じではなかったと思います。うろうろ、きょろきょろというか、誰かを探しているような雰囲気で……」

彷徨っていたということか。誰かを探して。誰なんだろう。

「おかしいですよね」恥ずかしげに苦笑する伊佐木。「見えたわけでもないのに」

「伊佐木氏は、先日も、白い影を見ている」

狐珀が言った。「共感があるということだ」

「共感、ですか」

「想いを感じとっても、不思議はない」

「はあ……」

伊佐木は共感という言葉選びが引っかかるようで、碧唯も同様だった。それを言うなら霊感では……？

「誰だか知らないけど」麗旺はエントランスドアに近づいて、「何の用があるんですかねえ、そいつ」

自動ドアが開いた。センサーは正常に作動している。碧唯の頰を微風が撫でた。十月に入って日が暮れるのは早くなり、すっかり外気も涼しい。

「具体的に教えてくれたらいいのに。お願いします、だけじゃ伝わらないって～」

言いながら麗旺は、屋外を覗き見た。つい気になって碧唯も窺いに行く。不審な点は見受けられない。

「死者は、想いが先走るもの」

碧唯たちの背後から、狐珀が諭した。

「汲《く》み取《と》るのは、こちらの領分」

「なるほど。うまくしゃべれないんすね、幽霊って」

麗旺は飲み込みが早い。だけど碧唯も納得する。城川もそうだったから。言葉で訴えかけるのは難しい、だから行動に出て、生きた者に干渉するのだろう。

「そういえば」

伊佐木は目を見開いて、「他にも変なことがありました。気を失う直前に、音がしたんです」

「音？」

新たな情報だった。碧唯が先を促すと、

「ちょうど、あんな感じです」

伊佐木がロビーの壁沿いを指し示した。水田と吉野が、長机を挟んで作業をしている。

「あれは……折りこみ、って言うんでしたっけ」

先月のシアター・バーンでも見た光景だ。様々なお芝居のチラシを一束にまとめて、来場客に配布する習慣が演劇にはあるらしく、その束を作ることを「チラシ折りこみ」という。碧唯も最近知ったばかり。

「あんな感じの、紙がめくれる音に似ているというか」

「紙の音かあ、謎が深まる」

わざとらしく麗旺は難しい顔をつくる。

「そのあと紙をこう、バサッと、目の前に勢いよく突き出される感じもありました」

「突き出される紙……突き出される紙……」

探偵役を続けたいらしい麗旺は、こめかみに手を当てて目を閉じたまま、ロビーをぐるりと回った。

「わかった！」

指を鳴らして立ち止まる。

顔の横に、両手で何かを掲げるような動きを披露した。

「……令和、って書いてあるやつ？」

「正解！」麗旺は嬉しそうに、「碧唯ちゃん一ポイント先取！」

新元号発表のパントマイムだった。もはや懐かしい。

「前に突き出してないし、額装されたものは、めくれる音がしないんじゃ……」

思わず反論すると、麗旺は「う〜んそうかあ〜」と頭を抱えてから、

「じゃあこれだ！」

右手の指を形づくり、斜め後ろから前方へと水平に動かした。

「今度は何ですか？」

「紙飛行機だよ！」

麗旺が叫んだ。清々《すがすが》しいくらいに滑ったと思ったら、

「くふっ！」

いきなり狐珀が吹き出した。相変わらずツボがわからない。その怪しげな笑い方に伊佐木が怯えている。

緊張感に欠けるなあ。怖がっているのが馬鹿みたいだと、碧唯はため息をつく。

「ちなみになんですけど」

麗旺は何事もなかったかのように、

「この怪談ってオチがあるの？」と伊佐木に問う。

「えっと、オチというのは？」

「この前みたいなやつ。役者が怪我をしたとか、舞台セットが壊れたとか」

「そういった類いの話は……」

伊佐木は水田たちに目をやりながら、「聞いておりません」

「ならよかった！」

麗旺は朗らかに、「本番ができなくなったらどうしようかと思ったよ」

「でも、実際にロビーで変なことが起きてるわけで……」

碧唯が言っても、

「ほっといてもいいんじゃない？」

と、麗旺は両手を後ろにまわす。

「なんてこと言うんですか」つい口調が荒くなる。「伊佐木さんが怖い思いをしたんですよ？」

「いやあ、心配だったんだよ。除霊師さんが現れたから、公演中止のピンチかもって」

麗旺はそれを懸念して、ロビーまで様子を探りにきたのか。

「構ってほしいだけなんですよ、その幽霊」

あっけらかんと麗旺が言う。「だから話しかけてきても、スルーが一番だって」

「でも……」

「伊佐木さんは無理しないで。俺がそいつを見かけたらテキトウに相手するし、なんか言いたいことありそうなら聞いておく！」

麗旺が高らかに宣言する。恐ろしくはないのだろうか。度胸があるのか鈍感なのか、摑みどころがない。

だが、一理あるのもまた事実だった。

同じ体験をしたスタッフたちも、公演中止の被害が出たとまでは訴えていない。怪異はロビーで留まっている。無事に興行が行われるなら、ここだけの話として、波風を立てない選択肢もありそうだ。

「お騒がせしてごめんなさい」

伊佐木が突然、頭を下げた。

「無視すればいいんだと思います。本番準備で皆さんが忙しいなか、迷惑かけているのも、わかっています」

「そんな、迷惑だなんて」

口を挟んだ碧唯を制して、「放っておけなかったんです」と伊佐木は続けた。

「私は、お願いしますと言われました。何かをお願いされました。もちろん怖いです、見えない人に腕を掴まれて、話しかけられて……だけど、切実に思えたんです。この人は何かを求めている。それなのに私は気を失って、何もしてあげられなかった。お願いしますと言われた以上、放っておくことができなくて……だから、胡桃沢さんを頼りました」

彼女は涙ぐみながら、思いの丈を吐露した。

「せめて知りたいんです。お願いごとが、何なのか……」

麗旺はきまりわるそうに、「そうっすよね」と頷いた。

伊佐木は優しいひとだ。碧唯がステージに立てたのも、公演を支える制作さんたちのおかげ。デビュー前は表舞台にしか意識が向かなかったけれど、現場に入ってみてスタッフの偉大さがわかった。

お世話になったからこそ、碧唯も、伊佐木の力になりたいと思った。

だけど。

相手は恐らく生きていない。

死者の「お願い」に耳を傾けて、本当によいのだろうか？

命がほしい、などと要求されて黄泉《よみ》の国へ連れていかれたら……考えただけで身震いする。とてもじゃないが、軽々しくは踏み込めない。

その時だった。

「――時は満ちた」

狐珀が静かに、それでいて場を統べるように告げた。

時刻を見る。十七時だった。屋外は黄昏時《たそがれどき》の色模様。

「まさか……」碧唯の声が揺れる。「今から、やってくるってこと？」

狐珀は黙ってエントランスを凝視したまま。

「待って、やだ。まだ心の準備が！」

おでこに汗が噴き出してくる。浄演が必要かどうか、狐珀は確かめると言っていた。

聞き取り調査だけではなかったのだ。自らも、見えざる者と対峙するつもりらしい。

「嘘でしょ。私イヤですよ。怖いもん！」

碧唯が騒ぎ立てると、折りこみ作業を終えた水田と吉野と目が合った。彼らは愛想笑いを返して、奥の階段を下りていく。楽屋まわりにでも避難するのだろう。

「伊佐木さん、それに麗旺さんも」碧唯は呼びかける。「劇場内に入りましょう」

わざわざ待ち受けるなんて事故に遭いに行くようなもの。危ないことはプロの狐珀だけに任せるべきだ。

「これだけ人がいるんだから、怖くないって～」

「いやいやいやいや関係ないって！」

麗旺の言葉を、碧唯は振り払った。今にもドアが開いたらどうするの。

「力を借りたい」

狐珀が言った。

「え、私……？」

聞き間違いではない。はっきりと、その黒い眼差しは碧唯を見据える。

「先だっては見事な浄演だった。浄化を完全に成し遂げた者は、いない」

「浄演……それって、つまり」

ようやく碧唯は気づいた。

恥ずかしさで胸を掻《か》き毟《むし》りたくなる。「才能がある」とは、浄演についての評価。女優として才能を見出《みいだ》されたと勘違いして、舞い上がった自分を悔やんだ。この指輪だって、また浄演に参加させるつもりで渡したのだろう。

「い、今から、浄演するんですか？」

身体は正直だ。唇が震えている。

「私、無理ですよ。もう……もう二度と、幽霊と芝居するなんて！」

城川との即興劇を思い出す。暗闇のなか、ギリギリの精神状態で言葉を交わした。同じようにできる自信は、これっぽっちもない。

「無理強いはしない」

狐珀は一拍置いて、「だが、得るものも大きい」

意味深な呟きだった。何を得るというのだろう。

考える暇などなかった。

エントランスドアが、左右に開ききっている。

え……あ……。

目の前の光景を、碧唯は受け止めきれない。ドアは開いたが誰も立っていない。ロビーはそのまま屋外へと通じている。

麗旺も、狐珀も、伊佐木も、碧唯と同じくドアのほうを眺めている。

ゆるやかな眩暈のように、視界が揺らいだ。何もない。何も起こっていない。そう言い聞かせても、いるはずのない誰かの気配がロビーに充満する。

「そっ……！」

言葉が喉元をせり上がる。

「そこにいるのは、誰!?」

ロビーに反響する碧唯の叫び。

「なあ大丈夫か」麗旺が肩を摑んで、「俺が行こうか？」

碧唯は振り返って、首を横に振った。

どうしていいかわからない。真っ向から先陣を切ってしまった。

「………」

広々とした赤い絨毯の上を、気配は、煙のように徘徊《はいかい》する。
あちら、ゆらり。こちら、ふらり。
碧唯は息を殺して、一切の身じろぎを封じた。
存在を悟られないよう、目をつけられないよう、その一心で耐えしのぶ。
ぴたりと、空気のゆらめきがやんだ。
「…………」
息遣い。生温《なまぬる》い。右の頬に当たっている。
「……お願いします」
耳元で囁かれたその声は、碧唯だけに向けられる。
同じだ。伊佐木の言った通り、本当にやってきた。
「……お願いします」
繰り返される。まとわりつく吐息が、碧唯に追いすがる。
かさり。
音がした。紙のこすれる音。
かさ、がさっ、がさっ。
鞄《かばん》のなかを漁《あさ》るような、どこか焦りを感じさせる挙動が、碧唯の目に浮かんだ。
バサッ――！

瞼《まぶた》に空気があたる。碧唯の眼前に突きつけられる、何か。

受け取れ、ということだろうか。手を伸ばす勇気がない。そもそも何も見えていない。

「いっ……！」

両腕に激痛が走った。

摑まれている。すごい力。腕の皮膚が、雑巾のように絞られていく。

飛びかける意識を繫ぎとめようと、歯を食いしばった。

「助けて……こは……」

狐珀に目をやった。ぼんやりとした黒い影が、こちらに向かってくる。

「よろしくお願いします」

耳から頭のなかに吹き込まれたように、その声は鳴り響く。

両手を前にして撥《は》ね除《の》けた。虚しく空を切る。前のめりになり、膝を折って床に手をつく。絨毯の短い毛が、指の隙間に入り込んでくる。

飛ぶようにして立ち上がり、一目散に駆け出した。

「碧唯ちゃん!?」

後ろで麗旺が呼んだ。だけど止まらない。エントランスを通り過ぎ、外階段を下りる。

「無理だ……」

走りながら、こぼれ出る。

「無理無理無理、ぜったい無理!」

碧唯は劇場から逃げ出した。

＊

「な〜んか、元気ないねえ〜?」

カウンター越しに覗き込むように、アーニャさんが言った。

「碧唯、どした〜ん? 話聞こうか?」

間の抜けた声音で心配げな顔を寄せるのは店の常連さん。アーニャと自称する、四十代で恰幅のいいおじさんだ。

「そんなことないですよー、いつも通りです」

碧唯は笑って誤魔化す。作り笑いがぎこちないのは、鏡を見るまでもなく自覚できた。

秋葉原《あきはばら》に潜む雑居ビルの三階。窓のない縦長のフロアでは、碧唯が小さい頃に流行《はや》った女児向けアニメのオープニング曲が流れている。無機質で素っ気ない打ちっぱなしのコンクリート壁を、大量に貼られたアニメポスターが色鮮やかな雰囲気に上塗りする。

碧唯が働くアニソンバー「にゃんにゃん☆しゅばびあんはーる」は週初めのせいか客入りがまばらで、テーブル席にふたり連れの客と、カウンター席には来店したてのアーニャさんひとり。

彗星劇場のロビーから碧唯は逃げてきたばかり。

何が起こったのか、気持ちの整理もついていない。

またしても、怪異を目の当たりにした。バイトどころではない精神状態でも出勤したのは、当日欠勤する勇気がないから。本当は休みたかった。

「いつも通りかい？　ならいいんだけどさあ～」

アーニャさんは訝しがりながら、椅子に腰かける。

なかなか仕事モードに心が切り替わらない……。気を抜くと、劇場ロビーでの体験が生々しく蘇りそうで、碧唯は手元に意識を集中させた。

氷を入れたグラスにメロンリキュールを注ぎ、ジンジャーエールを満たす。マドラーで軽くかき混ぜる。アップテンポなＢＧＭはサビに入った。可愛らしい曲調に乗せて、キーの高い女性ボーカルが「夢」だの「希望」だのと歌っている。

アニメが特段好きというわけではないが、キャバ嬢をやる度胸はなく、ガールズバーの面接に行ったらグラマラスなお姉さんたちに気後れして、行き着いたのが制服の露出度が少ないアニソンバーだった。基本時給のほかにチェキ撮影や、カラオケを歌ったバックが上乗せされるから、一般的なバイトより割がよく、そばかすに丸顔という童顔なルックスも、この界隈《かいわい》では需要があるらしい。まだシャンパンボトルを入れてくださる

「太客《ふときゃく》」を摑んでいないのは、今後の課題だけど。

入口の扉が勢いよく開かれる。

「ひゃあーっ！」

思いきり叫んでしまう。テーブル席のふたり組が何事かとばかりに、こちらを見た。

「びっくりしたあ……」

ドアは勝手に開いていない。ちゃんと人がいた。ターコイズカラーのジャージを上下に着て、リュックを背負った緑色のボブヘアー。同じシフトに入っている虚無夢《きょむむ》先輩だ。

「よかったー、まだ混んでなかったー」

ぬるっとカウンターに入った彼女は、「ありがとねー」とハイトーンで碧唯に耳打ちする。オープン時間直前に「二秒遅れるからタイムカード押しといて！」とＬＩＮＥをもらったが、一時間後にやってきた。悪びれることもなくバックヤードに消えていく。

「やっぱり変だぞ、今日の碧唯は」

アーニャさんは身を引いて、目を細める。

「驚かせちゃってごめんなさい。こちらどうぞ」

平静を装ってドリンクを差し出した。

「おっどうもね」受け取って口をつける。「くうう、仕事終わりに染みるわ〜」

碧唯が雑に考案したオリジナルカクテルだ。甘ったるくて、ドブみたいな色なのに人気がある。碧唯は密《ひそ》かに「泥水」と命名している。

前を向いて息を整えた。そつなく勤務はこなしたい。ポスターのなかで微笑むピンク髪のキャラクターと視線が合った。間接照明が影を作って不気味に映る。目が動いたらどうしよう。口が開いて無数の細長い歯が剝き出しになったら……チープな妄想がとまらない。いつ何時、また怪異が起こるかもと、落ち着かなかった。

「碧唯は、最近どうなの」

アーニャさんが空気を変えようとしてか、「頑張ってるの？」と尋ねる。

「はあ、まあ」

漠然とした問いに、曖昧な返事をする。

「女優になりたいんでしょ。オーディション受けてる？」

「はい、受けてはいます」

受からないだけで……とは答えたくない。

「テンション低いなあ～！」

アーニャさんは指を差して、「わかったぞ、彼氏とうまくいってないんだろ!?」

「えっ、いませんよ彼氏なんか！」

ムキになった碧唯に、

「だよなあ、ごめんごめん」

なぜかホッとした表情を浮かべるアーニャさん。

何を言われようと笑顔で受け流すのも仕事のうち……などと、いつもなら思うけれど今日はダメだ。感情の起伏がコントロールできない。

ん？　彼氏？

遅れて気がついた。さりげなく「彼氏がいるかどうか」を確認されていた。

アーニャさんは清潔感があって人畜無害だと思っていたが、まったくもって油断ならない。隙を見せたら個人情報を聞き出されてしまう。夜の接客業とは恐ろしい。

「碧唯さあ、全然ツイッター更新してないでしょ」

「そうですね、なかなか続かなくて……」

呟こうにも大したネタがない。先月の舞台が終わってから放置していた。

「インスタも酷いもんだね。何だいこれは～？」

向けられたスマホの画面には、碧唯のアカウントによる最新投稿。

「食べかけの料理、しかもファミレスって。誰得なの」

ため息交じりにアーニャさんが、インスタ映えとは程遠い、画角のダサい「ステーキ御膳サラダセット」を見せてきた。半分くらい食べてから写真を撮ろうと思い立ち、せっかくだからとアップしたのが恥ずかしくなる。

「これからの時代、セルフプロデュースが大事なんだから。グラビアとかアイドルもそうだけど、発信力のある子に仕事がいくんだよ。積極的に自分をアピールしなきゃ！」

「何を書けばいいか、わかんないんですよねぇ」

SNSの運用は苦手でフォロワーも少ない。店のお客さんが数人と、知り合ったばかりの先輩女優・真奈美くらい。

「何でもいいんだよ。まずは朝の『おはよう』と夜の『おやすみ』からはじめてみようか？」

子どもに諭すように提案される。毎日の挨拶なんかで出演オファーが舞い込むのだろうか。

「あとは自撮りね。毎日一枚はアップすること！」

「自撮りって、なんか照れちゃうんですよねぇ」

友だちと撮った写真はいいけれど、自撮りはどうも、自意識が邪魔をしてくる。現実世界では声が大きく、ガンガンいける碧唯だが、どうにもネットでは奥手だった。学生時代にバレーボールに打ち込みすぎたせいもある。高校では今どき携帯禁止の部活だった。

「そんなんじゃあ、いつまで経ってもバラエティに出れないぞ？」

いつもの小言を頂戴した。「いつバラエティ番組に出るの？」が口癖のアーニャさんにとって、売れっ子女優はバラエティ番組で番宣するイメージらしい。

ＳＮＳによる自己アピール。

志佐碧唯という存在を知ってもらうのは大切だし、必要なことだと、頭では理解できる。だけどそういう営業こそ、所属する芸能事務所がやってくれると思っていた。タレント本人に代わってマネージャーがアカウントを運用するのも珍しくない。そうだよ。小日向がもっと働いてくれたら、こんなことで頭を悩まさずに済むのにと、鬱憤がおさまらない。怖がったり、怒ったり、我ながら忙しいメンタルだ。

「ボクは毎日チェックしてるからね。もっと頑張らなきゃ！」

意気込むアーニャさんに「ありがとうございます」とだけ返した。お説教じみてきたので、そろそろ受け流したい。

「それからさあ」

話はまだ終わらないようだ。スマホを置いて、碧唯の顔をしげしげと見つめる。

「メイクはもう少し、可愛げがあったほうがいいかな」

「え、可愛くないってことですか？」

「う～ん。もっと女の子らしいというか、ピンク系のほうが男ウケいいって」

「はあ……」

女の子らしいという言い回しに違和感をおぼえていると、さらにダメ出しが重なる。

「あと髪の毛は女優らしく、もっと長いほうがいいかな」

「急に伸びてこないわ！」

我慢できずに叫んだ。アーニャさんは面食らっている。髪がショートの女優だってたくさんいる。自分の好みを押しつけないでほしい。ヘアスタイルには碧唯のポリシーがあった。憧れの女優をイメージしているのだ。

「碧唯にゃ、ツッコミのキレよすぎて草～」

笑いながら虚無夢が出てきた。両耳を埋め尽くすピアスが鈍く光る。

「アーニャおじさん、ちっすちっすー」「やあ虚無夢ちゃん、どうもどうもー」「一杯いただいても、よろしいかしらー？」「はいはい、どうぞどうぞー」

すでに自らのドリンクを作りはじめている。手練《てだ》れだ。碧唯がプロの接客術に感心していると、

――お願いします。

その声に、全身が硬直した。

嘘でしょ。また聞こえた。全力で逃げてきたのに、まさかついてきちゃった⁉

おずおずと背後を振り返る。誰もいない。不穏な気配も感じられない。

「すみませーん、お願いしまーす」

テーブル席の男性が手を挙げていた。

「……はーい、いま伺います」

腰が抜けそうなほどの安堵に包まれる。カウンターを出てドリンクの追加注文を受け、空いたビールグラスをさげて戻ってくる。

ビビりすぎだ。自分でも笑えてくる。

カクテルを作りながら、心を落ち着かせるよう努めた。

——お願いします。……どうか、よろしくお願いします。

ああもう。頭から離れない。

押し込めたはずの後ろめたさが湧き上がる。あの場から逃げたのは、ひどく後味がわるかった。

あんの、ペテン師め！

胡桃沢狐珀に騙された。無理強いはしないと言ったが、事前の説明もなく怪異に引き合わせられたのは理不尽に思える。

彼の行う「浄演」にとって、碧唯は都合がいいようだ。……だからって関係ない。最初は仕事に繋がるかもと期待したけど、落ちぶれた演出家に利用されたくなかった。私は狐珀と違って未来のある新人女優。あんな胡散臭い男の、お祓いの真似事《まねごと》に付き合わされてたまるか。傍《はた》から見れば浄演はスピリチュアルな行為だ。妙な宗教や、霊感商法などに関わったと見做《みな》されたら、今後のキャリアにも傷がつく。そんなの絶対お断り！

だけど、と碧唯は思う。

浄演って何なのだろう。

なぜ胡桃沢狐珀は浄演を行うのか。演出家の仕事が減ったからといって、「お祓いで日銭を稼ごう」とはならないはず。

——俺は赦してねえからな……てめえが、あの時やったことを。

城川を浄化したとき、舞台監督の巌倉がとった態度からも、狐珀には何か秘密があるとわかる。暗闇のなかで碧唯たちを霊と対峙させた、不思議な力。いったい彼は何者なのだろうか。

って、いや、いやいやいや……！

だから自分には関係のないことだ。

これ以上は関わるのをやめよう。アルバイトしながらオーディションを受けて、女優として成功をおさめる。それが碧唯の目指すべき唯一の道。

今日のことも含めて、ぜんぶ忘れよう。

「碧唯にゃ、聞いてるー？」

顔を上げると、そばで虚無夢が覗き込んでいた。

「いつまでマドラー回してるの。炭酸抜けちゃうよ？」

「あっ、ごめんなさいっ……」

慌てて、テーブル席に「泥水」を二杯持っていった。

カウンターに戻ると、「碧唯にゃのこと話してたのに、聞いてないんだもーん」と虚無夢がこづいてくる。

「碧唯にゃが羨ましいって、話してたの」

「えっ、私がですか？」

「アーニャおじさんがね。虚無夢に『やりたいことないの？』って訊くから、ないよーって言ったら『夢がないねえ』ってディスってきて」

「ちょ、ディスじゃないよ」割って入るアーニャさん。「若いんだから、夢を追いかけようって勧めたわけ」

「碧唯にゃ、お芝居やってるんでしょ」

虚無夢が「女優さんだなんてすごーい」と抱きついてくる。

「あはは、まだまだ駆け出しですよ」

そう謙遜すると、アーニャさんが「夢があるっていいよねえ」と芝居がかった調子で呟く。

「この歳になるとやりたいことなんて浮かばんよ」

茶化している感じはない。素直な羨望の眼差しを、碧唯に向ける。

「そうだよ。虚無夢だって、やりたいことないからね」

「虚無夢先輩、コスプレ好きじゃないですか」

彼女のインスタは旬のアニメキャラに扮《ふん》した画像が目白押し。店のイベントデーはコスプレ姿で接客している。

「好きだけどー」虚無夢は一拍置いて、「あくまでも趣味の範疇《はんちゅう》。プロのレイヤーは目指したくない」

仕事になったらコスプレ嫌いになりそう、と笑って続けた。そういうものだろうか。

碧唯にはよくわからない。

「うちで働く子たち、ほかも結構そんなテンションだよ」

同僚にはアニメ好きやコスプレイヤーが多く、碧唯を除けば、夢追い人は地下アイドルがひとり、声優の卵がふたりばかり。従業員のなかでも少数派だ。

「だから本気で頑張ってる碧唯にゃは、すごいと思う」

淀みのない、真っすぐな言葉に碧唯の頬が緩む。

意外だった。他人からはそんな風に見えているのか。オーディションに落ちまくり、初舞台を踏んでも次に繋がらず、所属事務所からも相手にされなくて、自己肯定感が下がっていた。

「アーニャさん、虚無夢先輩」

碧唯はふたりをしっかりと見てから、

「ありがとうございます！」

と、精いっぱいの声を張った。

まるで幽体離脱から戻ってきたような心地。元気な声がお腹《なか》から出たことで、自分の取り柄を思い出した。根拠のない自信と、都合のいいサクセス妄想、そして何より大きな声。それが志佐碧唯のいいところ。

「ボクみたいなおっさんは、いろいろ言っちゃうけどさ」

飲み終わったグラスの氷をアーニャさんは指先でくるくると回しながら、「強い気持ちがあるなら大丈夫。その想いを大切にしなさい」

「何そのセリフ、浸りすぎだから〜」

虚無夢が突っ込んで場が和んだ。

想い——その言葉が碧唯の胸に染み込んでくる。

「虚無夢も、死ぬまでに本気になれること見つけたいなあ」

そう言って、舌の先についた丸いピアスを光らせる。

「おいおい。死ぬだなんて、まだ若いんだからー」

アーニャさんが軽い口調で返すと、別の話題へと移っていった。

碧唯は連想する。

この世には、死んでもなお、痛切な想いを抱いたままの人がいる。

——放っておけなかったんです。

伊佐木はそう言った。

怖くても逃げないで、彼女は胡桃沢狐珀を劇場に呼んだ。想いを掬うため。姿なき者を救うため。

ドアが開いた。新たな客が立て続けにやってくる。

「いらっしゃいませー！」

碧唯はすっかり調子を取り戻す。

あっという間にカウンターは満席で、考え事に耽《ふけ》る暇もなくなった。

＊

立ちふさがるように、ドアの前で微動だにしない。

翌日の夕方。碧唯は再び彗星劇場のロビーにいた。壁に沿って立ち並ぶ、出演者宛てのスタンドフラワーが色鮮やかに瑞々しい。

ロビーは静かだった。照明は中央のシャンデリアを除いて消されている。自動ドアの両扉には暗幕が貼られて外光をシャットアウト。庭川から舞台監督に事情を話し、施してもらったのだ。同時に出入りも禁じてもらっている。

ただならぬ雰囲気に包まれた劇場ロビーは、儀式をはじめるに相応しい。

「やる気十分じゃん」

碧唯の後ろで麗旺が言った。「昨日とは大違いだね」

「急に帰ったことは反省してます。狐珀さんにも謝りました」

昨夜のバイト終わり、スマホに残った着信履歴をコールした。「明日、浄演を行う」と言う狐珀に、碧唯は思いの丈を伝える。そうしていま、ここに戻ってきた。

「もう大丈夫です」

落ち込んで、思い悩んで、すぐに立ち直った。

「私、やりますから。浄演に出演します」

逃げるなんて自分らしくない。志佐碧唯は前に出る生き物。バレーの試合でもそうだった。腰が引けて後退れば負けてしまうけど、ネットを挟んで相手と向き合えば活路が開けた。

大切なのは、目の前の相手に向き合うこと。

生きているか死んでいるかは重要じゃない。

碧唯も知りたい。お願いしますと繰り返す、彼の望みを。

死んでからも、あちこちの劇場に現れて懇願し続ける、それほどまでに強い想いが誰にも届かないなんて……あまりにも寂しいじゃないか！

だから覚悟を決めた。碧唯は奮い立った。

「いいねえ、燃えてるねえ」

麗旺は楽しそうに、「だけどステージは使わないんですね」と、ロビーを見渡した。

麗旺の疑問はもっともだ。碧唯も、浄演は舞台上で行うものと思っていた。

「ステージだけが劇場ではない」

狐珀は長い両腕を広げて、「舞台裏、客席、裏回りの廊下、楽屋、搬入口、すべて含めて劇場空間。ロビーも例外では、ない」

「役者が芝居をすれば、どこだって板の上かあ。かっこいいっすねえ」

麗旺はすっかり狐珀に懐いている。

ロビーには、伊佐木、庭川、水田、吉野の制作チーム、それから碧唯、麗旺に狐珀が待機する。

目的はただ一つ。

もう一度、見えざる誰かを待ち構える。

「はーい了解」

庭川がイヤホンマイクを口に寄せて、インカムに応答する。

「スタッフの残作業も終わりだそうです」

三十分前に、返し稽古と呼ばれる俳優たちの最終確認が終わり、スタッフによる修正作業も今しがた済んだらしい。

つまり、劇場内は休憩時間に入ったといえる。

「間もなく十六時半になります」

腕時計に目を落としながら伊佐木が言う。

十八時から本番初日の開演だ。開場時間などを考えると、あと三十分で決着をつける必要があった。

「じゃあ、俺は楽屋に戻るんで」

麗旺がロビー奥へと身体を向ける。

「えっ。麗旺さんは浄演に出ないんですか？」

てっきり一緒に行う手筈《てはず》だと思っていた。

「出られるわけないじゃん、本番前だからスタンバイに入るよ」

「あ、そうか」

「早く行かなきゃメイクさんに叱られちゃう」

焦りは見えないが、さすがに昨日ほどの時間的余裕はないようだ。

「お互い頑張ろう。皆さん、よろしくお願いしまーす」

制作チームに頭を下げてから、麗旺は駆けていく。

「狐珀さん」

碧唯は尋ねる。「どうしましょう、役者が私だけになりました！」

意気込んではいたものの、明らかな人手不足に怯《ひる》んでしまう。

「心配には及ばない」

狐珀はそう言って、「制作スタッフ諸氏にも、ご参加いただきたい」

「えっ、私たちも出るんですか？」

目を丸くした庭川をはじめ、

「僕、とても演技だなんて……」

「あたしもセリフなんてしゃべったことが……」

と、突然の出演オファーにざわつく制作スタッフたち。

「できる」

狐珀が言った。力強く響いた。

「場面設定は、本番前の劇場ロビーとする。役柄は制作スタッフで構わない」

「そのまま」伊佐木が歩み出る。「私たちのままで、いいということでしょうか？」

「演技は、要らない。平常通りの振る舞いを期待する」

「だったら大丈夫そうね。変に意識しないで、いつも通り仕事をしましょう」

庭川の言葉に、スタッフたちが胸をなで下ろす。アドリブで演じろと言われては面食らうが、現実と変わらない設定だったら無理は生じにくい。

「あの」碧唯は手を挙げて、「私は何の役を演じたら……？」

前回と同じく、俳優の立場でよいのだろうか。

「任せよう。流れをみて、最適な人物として登場したまえ」

丸投げされてしまった。

狐珀は制作スタッフたちに指輪を渡していく。やはり浄演に参加するための必須アイテムらしい。

次いで、即興劇のルールが説明される。経験者とはいえ碧唯も傾聴した。

浄演における三つの規則。
①相手の役を否定しない。
②物語を破綻させる発言はしない。
③勝手に舞台から降りない。
刷り込むように、心のなかで繰り返す。前回はルール違反によって気絶した俳優がいた。身を守るためにも忘れてはいけない。

大丈夫。ルール自体は単純だ。そして浄演は一度やっている。

問題は、碧唯の役だった。

どうしよう。何を演じればいいのかわからない。人差し指で光るシルバーリングには、自分の顔が反射している。米粒より小さく映るその顔は、不思議と他人のように思えた。

「さて」

狐珀が細長い手を、高らかに掲げる。

「想いを揃い、ともに物語ろう――浄演を開幕する」

打ち鳴らされる、狐珀の両手。

きぃぃぃん。その澄みきった金属音はロビー全体を震わせる。

打ち合わせの通り、庭川が照明のスイッチを押した。シャンデリアの明かりが落ちる。

窓のないロビーは暗黒に包まれた。

全方位の視界が塗りつぶされ、重々しい空気が碧唯にのしかかる。

平衡感覚さえ危ぶまれるほどの真っ暗闇。多少は漏れそうなのに、エントランスドアからの光は完全に遮断されている。

足で床を踏み鳴らした。絨毯の感触はあるが、現実世界から切り離され、別の空間に移ったような心地だ。

碧唯はひと呼吸。息が吸えて、吐くことができる。だったら信じるほかない。ここがどこであろうと、ここに私はいるのだと。

自動ドアは閉じたままだった。いやな気配も感じられない。

まだ「彼」はやってきていない。現れないのかもしれない。

どんどん空気が重くなる。碧唯には、制作スタッフたちの心境が手に取るようにわかった。当然だろう。こんな真っ暗なところに霊がやってくるなんて考えたら、碧唯だって今にも卒倒しそう。

「みんないるー？」

第一声は庭川だった。全体に対して呼びかけを発する。

「は、はい」「いまーす」「おりまーす」と続いた。いずれの返事も固かった。

「よーし」庭川は柔らかなトーンで、「ミーティングはじめよっかー」

みんなを安心させようと声をかけたのだろう。さすがは大劇場で複数のスタッフを束ねるチーフだ。

碧唯も混ざろうと口を開きかける。

が、思い留まった。

演じる役を決めないまま、安易に返答するわけにはいかない。同じく制作チームに属するお手伝いスタッフの役でいいのなら、あらかじめ狐珀もそのように配役したはず。そうじゃない。きっと碧唯が演じるべき役、この即興劇に必要な役が、存在するような気がした。参加するタイミングを探る必要がある。

碧唯が黙っていると、

「間もなく本番初日です」

庭川が自然な口ぶりで続けた。「ご来場のお客様に、最高の観劇体験をしていただけるよう、私たちロビースタッフが気持ちよく迎え入れましょう」

「「はい！」」

水田と吉野、それに伊佐木が答える。

距離も方向も見失っていたが、おおよその位置関係はこれで把握できた。

「水田くんは私と一緒にチケット受付ね。こっちで当日券は捌《さば》くから、関係者予約と招待客のリストに目を光らせて。吉野っちはチケットもぎり。あとで助《すけ》っ人《と》が来るから二名体制でいきます。伊佐木っちはロビーの誘導係をお願い。大きめの荷物を見かけたら、コインロッカーを教えるか、荷物札を渡して預かってほしい」

つらつらと業務の指示が執り行われる。本番同様のオペレーションだろう。

「物販ブースにもヘルプを呼んであるから回せると思うけど、もし待機列が長くなったら、伊佐木っちが声かけて整理して」

「はい。動けると思います」

「ありがとう、頼れるわ～」

ミーティングは恙《つつが》なく行われた。緊張がほぐれていくのが、声の温度から感じとれる。ありそうな劇場ロビーの一風景。出だしは良好、極めて自然な会話によってシーンは作られた。現実世界と差異はない。

制作チームの盛り上がりをよそに、碧唯の焦りは募るばかり。まだまだ話に入り込むタイミングが摑めない。碧唯は、唯一の演技経験者だ。一刻も早く参加しなくては……！

ガコン、と響いた機械音。

光線のように走る一筋の明かりが、暗闇を真っ二つに切り裂く。

その光は等速で太くなり、ロビーの床を真っ白に染め上げる。

自動ドアが開いている。

目が潰れそうなほど眩しい。制作チームの様子を確認したいのに瞼が開けられず、碧唯は身を守るように両腕で顔を覆ってしまう。

差し込む光が絞られていく。ドアが閉まりはじめたのだ。最後に細い線を煌めかせて――暗転再び。

碧唯は身構える。

間違いない。彼がやってきた。

満を持して浄演のなかに誘いこんだ、ともいえる。

「……お願いします」

誰に向けられたわけでもなく、真っ先に発せられる。

昨日と同じ声。同じトーン。即興劇の役者は揃った。

「こんにちはー」

セリフを返したのは水田だった。

「こちらでチケット拝見しまーす」

間髪容《い》れず来訪者に声をかける。

「当日券の販売も行っております」

吉野も加わった。制作チームで誘導する気だろう。すごい、もう芝居の連携が取れている。

さあ、どう答える？

水田と吉野のふたりは、観客が劇場にやってきたと想定したようだ。会話を試みることが最重要だと考えているのは、碧唯も同じ。コミュニケーションが成立すれば、浄演の場において生者と死者は対等になる。「お願いします」の、その先を引き出すことができるかもしれない。

「………」

だが、反応はなかった。

代わりに響いたのは息遣い。弱々しく、どこか戸惑いを思わせる。あちらで聞こえたかと思えば、こちらからも漏れている。

行き先を探して彷徨いはじめた。やはり、相手はお芝居を観に来たのではない。

「チケットの確認はこちらでーす」

水田は諦めない。息遣いを追いかけるように、より力強く声を飛ばす。

「当日券をお求めでしょうかー?」

張り合ったのは吉野だ。あくまでも客として扱い、物語を進めようとする。

どさり。

がたん。

残響が静けさに溶けていく。今のは、スピーカーからの効果音ではない。

碧唯は想像を巡らせる。受付デスクに突っ伏した水田と、ロビーの壁に沿って倒れた吉野の姿を、暗闇のなかに思い描く。

「水田くん? 吉野っち?」

庭川の呼びかけに、返事はなかった。

「そんな……」

伊佐木が小さく慄《おのの》く。思わず漏らしたのであろう。

容赦のない展開に、碧唯は絶句する。

水田と吉野が相次いで気絶した……?

「……お願いします」

その声は、フロア全体に等しく響いた。どこに発言者がいるのかも摑めない。

瞬く間に共演者がふたり脱落。これで彼と向き合えるのは、伊佐木と庭川、そして自分だけ。

　碧唯は口を開いた。とにかく浄演に参加しなければ！

「……っ」

　だけど何も思い浮かばない。当然だ。役が決まっていないのだから。

「どうか」

　男のひとの声。今度は近いけど、話しかけられた感じはない。依然として彷徨い続けている。

「どうか……よろしくお願いします」

　繰り返された言葉に応じる者はいない。セリフが一方通行だ。いやな汗が滲んでくる。

　成す術のないもどかしさを振り払うように、碧唯は頭を働かせた。

　落ち着こう。まずは現状把握が優先だ。

　水田と吉野は、彼を観客扱いしたが、実際はお客さんではないため、この劇空間において彼の役を否定したことになった。だからふたりとも倒れてしまった。碧唯はそう仮説を立てる。

　だとすれば考えるべきは、彼が何者なのかということ。

　外部からやってくる人といえば、荷物の配達員が多そうだけど、それなら紙ではなく段ボール箱などを持っているはず。あとは劇場設備や機材をメンテナンスする人、祝い花を運んでくる花屋、自動販売機の補充員なんてのもシアター・バーンで見た。記憶のなかの景色を辿っていくが、いま一つ、決め手に欠ける。

それなら逆算ではどうか。

つまり「彼は誰に会いに来ているのか」というアプローチ。

彼の要望に応えられる役を、碧唯が演じれば打開できるかもしれない！

劇場にいる人間は、俳優をはじめ、舞台監督、演出家、音響照明、舞台美術家、演出助手、制作スタッフ……思いつく限り、頭のなかに列挙していく。さらに小屋付き、つまり劇場管理人がいる。ほかに見かけたことのある職種の人はいたっけ……？

ああっ。

一旦停止をかけた記憶のビジョンが、碧唯にひらめきをもたらした。

いる。いたじゃん。私も会っている！

そういうことだったのか。頭のなかで急速に役のイメージが膨らんだ。

演じるべきは、この役だ。碧唯の想像通りなら物語は前に進められる。

第一声を構えた。心臓がバクバクする。正しいかなんて確証はない。やり直しもきかないのが即興劇。

だけど、演じる役柄を狐珀は任せてくれた。

だから、直感を信じてステージに飛び込む。

指輪をぎゅっと嵌め直した。よし。碧唯は大きく足を踏み出す。

「お疲れちゃ～ん！」

底抜けに明るく振る舞いながら、みんなのほうに歩みを進める。

「プロデューサーの志佐碧唯ですう」

碧唯は肩書きを名乗る。自らの役を決め打ちする。

「あ、し……志佐プロデューサーさん！」

すかさず庭川がのってくれた。勘がよくて助かる。

「そう、志佐プロデューサーが現場入りしましたわよ！」

碧唯は繰り返した。アクの強い言い回しで印象付ける。

「お忙しいところ」今度は伊佐木が受けて、「ご足労いただきありがとうございます」

会話は繋がる。すんなりと碧唯の配役が受け入れられた。

「いや～、昨日もテッペン越えちゃってねえ～」

相本のイメージを参考に、まさに即興で役作り。

「もう全然寝てないわ～。深夜まで開いてるザギンの店で、広告会社のお偉いさんとシースーだったわよ～」

思いつく限りの業界用語を織り交ぜてセリフをまくし立てる。過剰にキャラを作りすぎたかも。こんなので大丈夫だろうか。

いや、もう訂正はできない。名乗りを上げた以上、この物語世界で志佐碧唯はプロデューサーなのだ。それも敏腕の、イケイケの。舞台の上で恥ずかしがるな。思いっきり演じてしまえ！

「プロ……デューサー……？」

たどたどしい、か細い声。しかし碧唯は聞き逃さない。

しゃべった。初めて新しい反応が、彼から返ってきた。

「プロデューサー……お願いします……」

声の方向が定まった。碧唯の真正面に、彼は立っている。昨日とは大違いだ。確固たる意思を帯びて、相対したのを肌で感じとる。

お願いします。その言葉は、碧唯も相本プロデューサーへの挨拶で口にした。

「プロデューサー……お願いします……」

彼もそうだ。プロデューサーに会いたがっていたのだ。

「あ〜ら〜、どうもどうも〜」

急いで次のセリフを頭のなかで組み立てる。

もう迷わない。即興劇をリードするのは大物プロデューサー・志佐碧唯！

「ちょうど今ね〜、次の舞台のキャスティングを任されているんだけど」

「本当、ですか……！」

食い気味にのってくる。碧唯は興奮を隠しながらも、

「ええ～もう、新たな才能との出会いはいつだってウェルカムだわよ～」

と、勢い任せに調子づいてみせた。今のところは大丈夫。プロデューサーが言いそうなことを、その場で探り当てられている。

昨日の出来事から碧唯は着想を得た。

彼は複数の劇場を、スタッフの休憩時間に訪れている。外部の者が劇場内にいる人間と話すなら、その時間が狙い目だろう。現に椙本は劇場には常駐しないものの、同じく休憩時間を見計らって顔を出していた。碧唯がそうしたように、偉い人と話すチャンスが休憩時間にはある。

だとすれば彼も、自ら売り込みをかけるために訪れた俳優だろうか。

きっと違う。椙本に浴びせられた言葉が、奇《く》しくもヒントになった。

「あなたもぜひ」碧唯は彼に攻め込む。「いい役者、どなたか紹介してくださらない？」

すると目の前で、物音が発せられる。

紙をまさぐるような、がさり、がさっという音に次いで、

「ご覧……ください……！」

バサッ――！

鼻先を風が撫でた。

ご覧くださいと言われても、碧唯には見えていない。

だけど想像はついている。その用紙にどんなことが書かれているのか。

「改めて拝見いたしますわ。それよりも……」

碧唯は申し出を断って、あえて少し距離をとる。

演技に使えるかもと、だいたいの位置は憶えていたけど……あった、指先が固いものに触れる。ロビーに置かれたベンチに手探りで辿り着き、碧唯は余裕たっぷりの動きで座り、足を組んだ。

いかにも大物プロデューサーといった所作を見せつけてから、

「それよりも、本人を紹介してほしいんだけど？」

と、意欲を感じさせる笑みを浮かべた。

「……本人、ですか？」

前のめりだった彼が、躊躇《ちゅうちょ》をみせる。

「ええ。ぜひともお会いしてみたいのよ～」

「はい、あっ、ありがとうございます……」

即興で紡がれるセリフのやり取りに、碧唯は昂《たかぶ》りをおぼえた。

ドラマが生まれている。相手の感情が伝わってくる。

プロデューサー役は大当たり。狐珀は知っていたのだろう。劇場客席での相本とのやり取りを、後方から窺っていたに違いない。

だからこそ演じる役を碧唯に一任した。自身の経験から、プロデューサー役を思いつくと信じて。

「そうだ、せっかくだから」

碧唯は一気に迫る。「ここに今、連れてきてくださる？」

「今、ですか……？」

「当たり前じゃない。出会いはご縁がすべてよ、お互いにとってタイミングを逃したくないもの」

言ってから、なかなかいいセリフだったたと思った。演じるうちに役へと近づいたのかもしれない。

「こ、今度……紹介させていただきます」

「本人はどこにいるの？」

返答はない。が、流れは途切れてもいない。

共演者同士、目に見えないラインで、碧唯と彼が繋がっている。会話のキャッチボールは終わらない。演じ合う者が互いに意識を向けているうちは、芝居が続くのだ。

「志佐さ……プロデューサー、これはいったい？」

沈黙に耐えきれなくなったのか、伊佐木が尋ねる。

「だってねえ、こちらのマネージャーさんがさあ」

核心を突くならここしかない。覚悟を決めて碧唯は続ける。

「素敵な役者さんを紹介してくれるって、言うものだから」

「マネージャー……？」

伊佐木が疑問を口にしかけたとき。

ぽう。

と、仄《ほの》かな明かりが浮かび上がる。

天井から、幾筋もの光が降り注ぐ。ロビーは舞台セットのように照らされた。まるでステージと変わらない煌めきのなかに、碧唯は包まれる。

中央には、ひときわ大きなスポットライト。

スーツ姿の男が立っていた。

使い込まれたビジネスバッグと革靴。その風合いから、仕事に打ち込んだ形跡が窺える。几帳面《きちょうめん》にわけた前髪と、細い眼鏡の奥から覗いた鋭い目が、神経質な印象を抱かせた。

「今日のところは、こちらを……」

差し出されたのは一枚の紙。バッグに仕舞われていたものだろう。

「文字情報になんて興味がないのよ」

碧唯は受け取らない。それは思った通りプロフィール用紙で、若い女性が笑っている。

「私はね、あなたが情熱をもって売り込んでいる、その子自身に関心があるの」

立ち上がって彼の手を握る。

「その子を、私に会わせてちょうだい」

じっと目を見つめる。切れ長の双眸《そうぼう》は整っており、タレント顔負けの容姿だ。

「会って、いただけるんですね……？」

「もちろんよ」

「ああ……」

眼鏡のレンズが光る。

いいや違う、光ったのは眼鏡ではない。ぐしゃぐしゃに歪んだ頬を流れる、しずく。

声を押し殺し、碧唯を見据え、男は泣いていた。

「あっ、あなたは……！」

声を上げたのは伊佐木だった。そばに寄ってくる。傍らで、庭川も見守っている。不思議なことに両者の姿が感じとれた。先に倒れたふたりは見えない。彼と碧唯たち三人で、より濃密な芝居がはじまる予感がする。

「あなた、御瓶《ごへい》さんじゃありませんか！」

伊佐木は名前に続いて、「アーカムプロの！」と事務所名まで言い当てる。誰もが知る、あの大手事務所だ。

「ご無沙汰しております、伊佐木さん。その節はお世話になりました」

「あ～ら、お知り合い？」

碧唯が伊佐木に尋ねると、

「一度だけですが、ご挨拶を。すみません、声だけだとわからないものですね。御瓶さんの担当された、女優さんの舞台に、その……スタッフで関わっていたもので。それに彼女は……」

ところどころ伊佐木は言い淀む。即興劇のさなか、言葉選びが慎重になるのも無理はない。

「やっぱり、そうなのね」

会話を引き継いだ碧唯の脳裏に浮かんだのは、伊佐木の証言。

——所属事務所は大手で、マネージャーの方も熱心な印象でした。

間違いない。彼の正体にようやく確証を得られた。

「あなた、家村澄花さんのマネージャーなのよね？」

碧唯はプロフィール用紙で目にした、女優の名を口にする。

「御瓶慎平《しんぺい》と申します」

男は寂しげに微笑み、「家村のマネージャーになって今年で三年目です」と挨拶を返した。

マネージャーがプロデューサーに会うため、劇場にやってくる。

――いるのよねえ。現場にまで押しかけて、売り込む人たち。

相本の言葉。それが手がかりになった。

――でも普通そういうのは、せめてマネージャーがやるものでしょ？

担当する女優を売り込むため、彼は大劇場に足を運んでいた。現場の休憩時間を待ち構えて。

「弊社所属の家村澄花についてですが」

改まって御瓶がプレゼンをはじめる。

「ぜひともお見知りおきください。まだ若輩者で、経験も浅いですが、これからハネると思います。舞台でも映像でも、ぜひ起用をご検討いただけましたら……」

「その子を推したい、御瓶さんの気持ちはわかります」

寄り添うつもりで碧唯は言った。

「だけど家村さんは、もうこの世にはいないのよね？」

御瓶の顔が引きつる。

「……何を言っているんですか？」

口元を歪《ひ》ませて、敵意に満ちた目に変貌する。

ここで退いてはいけない。

伊佐木が言い淀んだことを、碧唯は告げる。

「拝見しましたわ。一か月前、お亡くなりになられたと」

「やめてください」

「本当のことです。残念ながら」

「やめろと言っているんです！」

悲鳴に近い声を上げた。碧唯は待つ。彼に委ねて見守るのみ。

「認めたく、ありません」

御瓶の乱れた息が落ち着くにしたがって、気迫も静まっていく。

「ですが、そうですね。思い出しました」

やがて御瓶は観念するかのように、

「家村は亡くなりました。わたしが死ぬ、一週間前のことです」

水を打ったような静けさがロビーにおとずれる。

御瓶は碧唯を見つめた。きっと彼は計っている。碧唯が信用に足る人物か、どうかを。

「……話を、聞いてくれますか？」

御瓶が言った。

「もちろん」

返事をしながら、碧唯は思う。浄演というものの意義。まだ上手《うま》く言葉にはできないけど、少しだけ、わかったような気がした。

「アーカムプロに入社して、最初の四年間は」

御瓶は語りはじめる。

「先輩チーフマネージャーのもとで学びました。タレントとの接し方にはじまり、クライアントへの売り込み方、スケジュール管理から現場での立ち振る舞いまで。サブマネージャーとして成果は出せたと思います。それからデスクへの異動もありましたが、二年前の春、初めて新人をマネジメントすることになりました。家村澄花。今年で二十三歳、のはずでした」

過去形で述べられたことに、碧唯の胸が痛む。

どうすることもできない悲劇として、その事実は据え置かれる。

「顔立ちの派手さはありませんが、透明感があって整っている。引っ込み思案なのがネックでした。どうしてもオーディションでは華のある子に負けてしまう。大手事務所に所属といえども、女優志望の競争相手は信じられないほど多いですから」

聞きながら、骨身に染みる。碧唯も同じく落選を重ねてきた。

「御瓶さん。あなたはどうして、そこまで彼女に惚れこんだの？」

碧唯は尋ねる。プロデューサー役としての姿勢を崩さない。

「一度、現場をともにすれば魅力がわかります。内面から湧き上がる感情表現の豊かさ。

演技をする家村は、生き生きとして、吸い込まれるような雰囲気を纏うのです。そして努力家だった。台本がペンで真っ赤になるほど読み込んで、物語と役柄を研究する。自費でボイトレや演技レッスンにも通っていた。努力を表に見せない子でした。それが仇《あだ》となり、チャンスを摑めなかったとも言えますが……」

御瓶は表情を曇らせる。悔しさを滲ませる。

「家村のよさは、仕事をともにして、時間をかけて、初めて相手方に伝わるものでした。本来なら、こんなものじゃあ伝わらない」

と、プロフィール用紙をバッグに仕舞いこむ。

「だからこそわたしは、キャスティング権を握る人に直談判《じかだんぱん》した。家村を売り込んだ。少しでも可能性があるならば動いた。人脈を頼り、本人を連れて、チャンスに巡り合うために駆け回った。わたしは彼女を世に出したい、役者として活躍してほしいと願いました」

ですが、と御瓶の声が急転直下で落ちる。

「願いが潰《つい》えるのは突然でした」

言葉は途切れる。その先を口にするのは、憚《はばか》られたのだろう。

あまりにも残酷だ。志半ばで彼女は――この世を去っている。

「心臓の病気だったそうです。それ以上、わたしは何も……」

それでも御瓶は先に進もうと、足掻《あが》くように声を振り絞る。

「持病のことを家村は隠していた。わたしも気づけなかった。気づいていたら、無茶はさせなかったのに。タレントの体調管理もできない人間はマネージャー失格です、いやそれ以上に、病気を打ち明けられるほどの信頼関係を築けなかったことが、あまりに苦しく、申し訳なさでいっぱいなのです。わたしは欠勤を続けた末に、自宅へ籠り、それで、ああ……何ということを……」

頭を抱えながら床に蹲《うずくま》った。嗚咽《おえつ》が、地を這うように響く。

「わたしは疲れてしまった」

ゆっくりと顔を上げ、そのまま座り込む。

「自分が首を吊ったと気づいたのは、散らかった部屋のなかに揺れるわたしの身体を見たときです。なんと軽率なことをしたのかと、すべてが手遅れになってから知りました」

と、諦めたように微笑みを浮かべる。

「しかしどういうわけか、この世にわたしは繋ぎとめられた。シャツもスーツも、眼鏡だって、生前に使っていたものです。仕事用のバッグに入っていたのは……彼女のプロフィール用紙。なるほど、それならやるべきことは一つ。わたしは家村澄花の売り込みを続けました。今の今まで、自分が死んだことも忘れて、劇場を訪ね歩きました」

「家村さんは、舞台がお好きだったのですね」

確証のないセリフが口をつく。写真で見た彼女の笑顔が、そう告げた気がしたのだ。

「ええ。早く大きなステージで演技がしたいと、そればかりで……」

言いながら、御瓶は何かを悟ったように、

「そうだ。もしかしたら、今も家村は諦めていないかもしれません」

「女優を、ですか？」

「わたしがこの世に留まったのと同じく、家村もまた死にきれず、どこかを彷徨っていてもおかしくない。劇場で合流できれば、あなたにも一緒にご挨拶できたのに……おかしいですよね。これまで姿を現したためしがありません」

御瓶は天を仰いで、

「ああ、どこにいるんでしょう。家村……夢を叶えると誓ったじゃないか！」

雄叫《おたけ》びにも似た、その声が反響する。

伊佐木も、庭川も、碧唯とともに聞き入っていた。

御瓶の浴びるライトが弱まった。たとえ真実が語られようとも、この即興劇において御瓶慎平の「見せ場」は過ぎたらしい。

今度はこちらの番だった。

「いいマネージャーさんね」

碧唯のスタンスは変わらない。素直に思ったことを口にする。

「……わたしが、ですか？」

「あなた以外に誰がいるの」

「言ったでしょう、わたしはマネージャー失格なんです。担当するタレントとの信頼関係も築けなかった」

「病気を打ち明けなかったのは、あなたが信頼できないからじゃないでしょう！」

腹の底から、碧唯の一喝。ビリビリと空気が振動する。

「言えばあなたは、身体を気遣って芸能活動をやめさせた。違う？」

「それは……」

御瓶は口ごもる。

「彼女が熱意をもって頑張ったように、あなただって真剣にマネジメントに打ち込んだ。だからこそ彼女は芸能活動を続けられた。最期まで、きっと悔いのないほどに」

「家村には、もう未練がないと……？」

「成仏したのよ。あなたの隣にいないのが何よりの証《あかし》。彼女なりに死を受け入れて、納得したのだと思うわ」

「……だったら、わたしはなぜここにいるんです？」

御瓶は縋るような目つきで、

「担当するタレントがいないマネージャーに、存在価値はありません」

「そんなこと……」

反論しかけるが、返す言葉は見つからない。

「志佐プロデューサー」

「はい」

「あなたは仰ってくださいました。『彼女に会ってみたい』と」

嬉しかったです。そう言って、御瓶は目を潤ませる。

何だろう。ざわざわと、碧唯の胸のうちがさわいだ。

「帰ります」

魂の抜けたような、儚《はかな》げな声。

「ご迷惑をおかけしました。もう劇場を訪れることはありませんから」

「そう……」

「もっとマネジメントの仕事がしたかった」

吐き出された後悔を前にして、身が引き裂かれそうになった。

背中を見せた御瓶がゆっくりと遠ざかる。碧唯は次のセリフが思い浮かばない。これで浄演も終わり、なのだろうか。

視界の端に、わずかな煌めき。

遠い星のような輝きのまわりで、黒いものが蠢いた。

胡桃沢狐珀だった。なぜだかわからない。浄演中なのに、彼の姿が捉えられる。天に向かって真っすぐ伸ばした両手。その両指に並ぶシルバーリングから、チカチカと小さな光の明滅が届いた。狐珀は碧唯を見つめている。今にも手を叩くつもりだ。やはりもう終演らしい。クラップが鳴り、照明がついたら、御瓶を残して碧唯たちは現実世界に帰還する。

――さあ、どうする。

狐珀の瞳の向こうに、彼の問いかけを感じた。

演出家として、役者である碧唯の出方を窺っている。そう碧唯には見て取れる。

もっとマネジメントの仕事がしたかった。

御瓶の言葉が頭のなかで繰り返される。それは浄演におけるラストシーン、物語を締めるセリフになる。碧唯にもわかっていた。御瓶の想いは浄化されていない。死者として、自分の気持ちに折り合いをつけただけ。

現世に未練があるのは明らかだ。煮えたぎる想いを抱いたまま、劇場を去り、どこへ往《い》くというのだろうか。

狐珀の腕が動いた。長い指の両手が重なり、即興劇を閉じるまで、あとわずか。この浄演を通して一時的に鎮めるまでは叶った。ここで物語は終わることもできる。このまま黙っていれば幕は下りる。

だが、碧唯のなかでも想いが膨らむ。

もっとマネジメントの仕事がしたかった。

そんなセリフで終われるものか。物語の結末として美しくない。もしこの舞台を、観客として私が観ていたとしたら——。

「納得できません！」

気づけば叫んでいた。気づけば走っていた。

狐珀に向かって碧唯は飛んだ。彼の腕を両手で摑んだ。碧唯の身体は宙に浮き、ぶらんぶらんとぶら下がって両足をばたつかせる。

やってしまった。演出家の動きを、力ずくで止めるだなんて。

狐珀の掲げた手にしがみつきながら、碧唯は狐珀と、顔を突き合わせる。

目力で呼びかける。私を信じて。そう伝えようと狐珀の瞳に訴えかける。

くふっ。

アイコンタクトが通じたか、わからない。ただ狐珀は微笑みを返した。その腕をゆったりと下ろして、碧唯を床に着地させる。

即興劇はまだ終わらない。勝手な延長戦のはじまりだ。

すぐさま碧唯は御瓶のほうを向いて、

「もっとマネジメントがしたいって言うのなら」

と、再びセリフを紡ぎだす。

「それだったら……私のマネージャーになってよ！」

言うと、御瓶が首を傾げた。

「志佐、プロデューサー？」

伊佐木が呼びとめる。「ルールを忘れるな」と言いたいのだろう。

だけど碧唯は止まれない。続けるって決めたから。

「実は、私は」

浄化してあげようだなんて考えるな。真心で向き合おう。言葉を諦めない限り、想いは相手に絶対通じる！

「私は、プロデューサーじゃありません」

「……は？」

どろりと、空気が淀んだ。

「いま、何と？」

「志佐碧唯。二十二歳、ほんとは駆け出しの女優なんです」

自分の言葉で、自らの意思でルール違反をおかした。

「どういうことでしょうか！」

たった一言に下腹部を殴られる。

「ううっ……！」

何これ。触られてもいないのに、重たい痛みが駆け巡る。

「プロデューサーを騙《かた》り、わたしを、騙していたと！」

たちまち無数の皺《しわ》が刻まれ、恐ろしい形相へと様変わりする。

殺されると思った。怒りという感情を極限まで研いで、真っすぐ突きつけられている。

御瓶の背後に亀裂が走った。暗闇だけの景色は変容する。音もたてず、裂け目は蜘蛛の巣状に広がり、真ん中が横一文字に大きく開かれる。

「っ……！」

突風。猛烈に煽られて、倒れかける。

あの亀裂からだ。あそこから瘴気《しょうき》が吹き込んで、碧唯のまわりを渦巻いている。

物語世界に風穴が開いた。紡いできた即興劇が壊れはじめる……！

「納得のいく、説明をいただきたい！」

迫りくる御瓶から逃げられなかった。

碧唯は肩を掴まれる。痛い。熱い。骨の軋む音が両耳をつんざく。

だけど、まだ意識がある。気を失ってはいない。だったら大丈夫だ。

「私は！」

御瓶の想いを受け取った碧唯は怯まない。

「あなたみたいなマネージャーに巡り合いたかった！」

今度は自分の想いを渡したい。本心を彼に伝えたい。

「私、いまのマネージャーに全然相手にされなくて、悩んでいました。どんなにやる気があっても、現場に繋いでくれる御瓶さんみたいな人がいなければ、役者は活躍できません。まだまだお仕事をやり足りないのなら、私のことを御瓶さんがマネジメントしてくださいよ！」

「わたしが、きみをマネジメント……？」

風が弱まった。御瓶は戸惑いを見せながら、

「ですが、別の事務所に属する方の面倒を見ることは、できません」

「わかりました」

碧唯はポケットからスマホを取り出す。

「少し待ってください」

画面の光が暗闇をふわりと照らす。御瓶は立ち去ることなく、碧唯の動向を窺っている。

電波は……よかった、繋がる。浄演のなかでも電子機器は使用可能らしい。

ならばもう迷うことはなかった。

碧唯は電話する。次いでハンズフリーに切り替える。

ロビーに響き渡る発信音。出てくれる確率は低いが、鳴らし続ける。

降参したように、ぷつりとコールが止《や》んだ。

「はい小日向」

「お疲れさまです、マネージャー」

芝居がかった調子で碧唯は言う。

即興劇に、一本の電話を介して現実世界が混じり込んだ。それでも物語は破綻しない。

新たな登場人物を迎え入れただけ。

「ああ志田さん。昨日はわるかったね」

小日向は、きまりわるそうだった。長時間待たせてからのドタキャンに罪悪感を抱いてのことか、今日は電話に応答してくれた。

「日を改めて、志田さんには時間を作るから」

「いま聞いてほしいことがあるんです」

「ロケの最中なんだ。また連絡……」

「事務所やめます、私」

「は？」

電話越しに、わずかな動揺を聞き洩《も》らさない。

「短い間でしたが、ありがとうございました」

「やめてどうする？」

「女優は続けます。お世話になりました」

「フリーで」小日向は親身な声色を滲ませる。「やっていくつもりかい？」

「新しいマネージャーと契約します」

「そんな簡単に移籍できるほど業界は甘くない。必ず志田さんは後悔するよ？」

不自然なまでの猫なで声に、コンポジット料という単語を思い出した。仕事がないのに繋ぎとめようとするなんて、月額三万円の徴収は彼らにとって意外とオイシイのかもしれない。

「気持ちは変わりません、失礼します」

毅然《きぜん》とした態度で退けると、

「ああそうかい。この世間知らずが」

手のひらを返すように冷たさを帯びた。

「無名のくせに調子に乗るな。おまえの代わりなんか、いくらでもいる」

「無名じゃありません。私には志佐碧唯という名前があります」

小日向の間違いを訂正したつもりだが、舌打ちを残して音声は途絶える。

心臓が強く搏《う》った。顔を上げると御瓶が見ている。庭川と伊佐木も、驚いた顔つきを向けている。

「さてっ！」

碧唯は両手を大きく広げて、

「事務所をやめてやりましたーっ！」

気持ちのいいセリフだった。胸のあたりから横隔膜の底までが清々しい。

「本当に、よろしいのですか？」

「御瓶さんのおかげで決心がつきました」

混じりっけのない笑顔で笑えていると、碧唯は自覚する。

「私、もっと頑張ります。マネージャーに売ってもらうことを期待するんじゃなくて、私を売り込みたいってマネージャーが思えるくらい、演技もスキルも磨きます。いい芝居ができる役者になって、初めて、マネージャーと二人三脚になれるんだって、御瓶さんと家村さんのお話を聞いて、そう思いましたから」

現在進行形で生まれた、ありったけの、心のうち。

「だから御瓶さん、私のマネージャーになってください！」

御瓶の想いに耳を傾けたから、言葉にできた碧唯の想い。

「……はは。すごい気迫だ」

御瓶が呆れるように、それでいて興味を示すように言った。

「そりゃあ気迫も出ますって」

碧唯は声を弾ませて、「こんなにもタレントのことを考えてくれるマネージャーが、目の前にいるんですもん」

「そんな風に言ってくれたのは、きみが初めてです」

「家村さんだって、きっと同じ気持ちだったはず！」

「家村が……？」

御瓶は目を見開いた。

「駆け出しだけど、同じ女優だからわかるんです。御瓶さんというマネージャーに巡り合えた家村さんのこと、私は、めっちゃ羨ましいって思います！」

「そうか。そうですか。そうでしたか」

嚙みしめるように何度も頷く御瓶の顔が、晴れ晴れしい。

「そうであったなら、わたしは――報われます」

刹那、眩《まばゆ》いばかりの光に満ちる。

碧唯の視界は真っ白に染まった。

きぃぃいん――。

響きわたるクラップに次いで、ロビーの風景は色彩を取り戻す。

すべての蛍光灯がついた。壁沿いのスイッチに手をかけていたのは狐珀だ。自分でつけておいて嫌がるように、俯《うつむ》きがちに目を細めている。

幕は下りた。無事に終わることができた。ゆっくりと、深く、碧唯は息を吐く。

「吉野っち、水田くん」

ほぼ同時に起き上がるふたりに、庭川は駆け寄った。

「すみません、途中から憶えていなくて……」

水田が言うと、吉野も「同じく」と不安げな顔を庭川に向ける。

「大丈夫。終わったみたい」

庭川が碧唯に目配せするので、「ありがとうございました」と頭を下げる。

狐珀が指輪の回収にまわっても、水田や吉野は寝起きのような顔つき。どこかぼんやりとして、うまく話せない。先日もそうだった。浄演に参加した者は、まるで白昼夢でも見たとばかりに、浄演の記憶が朧《おぼろ》げになるのかもしれない。

自動ドアが音を立てて開いた。

近づいた庭川にセンサーが反応したようだ。スムーズに開ききる。誰かが入ってくる気配はしない。

「伊佐木っち、手伝って」

「はい」

庭川と伊佐木でドアに貼られた暗幕を外していく。幕はきれいに畳まれ、ガラスから西日が差しこんでくる。

「これで気持ちよく、お客さまを迎え入れられる」

庭川が言うとスタッフたちから笑みがこぼれた。

解決したのだ。もう、彼が劇場に現れることはないだろう。

「志佐さん」

そっと伊佐木が寄ってくる。

「事務所をやめちゃって、大丈夫なんですか？」

伊佐木は憶えているようだ。碧唯の選択と、物語の結末を。

「ああー……そうですねえ」

曖昧に応じながらスマホを確認する。動かぬ証拠とばかりに、発信履歴と日時が残っていた。

こればかりはフィクションの範疇におさまらない。本日付けで、志佐碧唯はフリーランスの俳優になってしまった。

「悔いはありません」

碧唯は本心を語る。「あの人を見ていたら、自然と、あんな気持ちになりました」

「びっくりしましたよ、いきなりマネージャーになってほしいだなんて」

「だって御瓶さん、めちゃくちゃ素敵じゃないですか。タレントの陰の努力を見てくれて、あんなに強い想いで売り込んでくれるなんて。浄演、お芝居のなかだってことを忘れて、お願いしちゃいました」

碧唯はエントランスドアに向かって、「あーあ」と続けた。

「生きててほしかったなあ、御瓶さん」

生きて会いたかった。生きていれば、どこかで出会うことがあったかもしれない。だけど、それは叶わない。人の想いは残っても、死ねば肉体が滅びるから。

「しばらくは、ひとりで頑張るしかないですねえ」

碧唯がそう宣言しても、「大変じゃないですか」と、伊佐木の表情は曇ったまま。

「フリーだと受けられないオーディションや仕事だって、たくさんありますよ？」

「えっ、そうなんですか」

確かに窓口がない。そう考えると不安がよぎる。

「スケジュール管理からギャラ交渉まで、ぜんぶ自分でやるんですよ？」

「で、できるかな。そういうのは自信ないかも」

「どうしましょう。私のせいで、志佐さんの将来まで……」

伊佐木の困り顔が深刻度を増していく。

「待って、気にしないでください。私が自分でやったことなんで！」

碧唯は明るく振る舞って、

「まあ大丈夫ですよ。きっと何とかなりますってー、あはは！」

と、笑い飛ばしてみせた。伊佐木に責任を感じてほしくなかった。

「頑張っていれば、道は開けると信じてます。そのうち、おっきい事務所に声をかけてもらえたり、御瓶さんみたいなマネージャーさんに目をかけてもらえたり……」

――随分と、楽天家なんですねえ。

後頭部のあたりに、それは響いた。

「え？」

碧唯は振り返る。誰もいない。

――後先、考えて行動するべきでは？

またただ。両耳の後ろに息遣いを感じる。

いやな予感がして、碧唯はのけぞるように仰ぎ見た。

鼻が擦れるくらいのところに、上下反転した男の顔。

「ひあーっ！」

間抜けな悲鳴を上げながら、無様にお尻から転んだ。

瞬《まばた》きを繰り返し、口をパクパクするも、幻覚は消えてくれない。

何、これ……？

視界に映る様をそのまま受け取るなら、碧唯の背中におぶさるようにして、御瓶慎平が覗き込んでいた。

「あ、あの、なんで……？」

浄化されたとばかり思っていたのに、姿がはっきりと見てとれる。

——なんで、とは何ですか失敬な。

御瓶は不服そうに、

——きみが言ったのではありませんか、マネージャーになってほしいと。

理解が追いつかず、とりあえず碧唯は笑ってみる。ダメ押しで首を傾げてみる。

——だから何ですか、その曖昧な態度。先ほどの言葉は偽りですか？

「や、言いました、確かに言いました、本当にそう思ってます！」

詰問のように迫る御瓶に、慌てて弁明する。

「だけど御瓶さん、その……幽霊ですよね？」

——そういうことにはなりますか。

「だったら、何もできないじゃないですか！」

——あなどられては困りますね。

御瓶は眼鏡のフレームを指で触りながら、

──わたしには大手事務所で培ったノウハウがある。実際に動けなくても、口頭での指導はできますから。

「つまりこうやって、後ろからアドバイスをなさるおつもりですか？」

──わたしが表立って動けない分、セルフプロデュースの仕方を教えます。

御瓶は見透かすように笑って、

──きみは自己肯定感が強いくせに、SNSの運用も、自己アピールも苦手でしょう。

「なっ」いきなり図星を突かれる。「なんで、そんなことまでわかるんですか!?」

──それがマネージャーというものですから。

「あの、志佐さん」

伊佐木が不可解そうな顔を向けて、「いったい誰と話しているんですか……？」

伊佐木には見えも、聞こえも、しないようだ。

ふいに、碧唯の身体に影が落ちた。

胡桃沢狐珀が立っている。

「浄演は、失敗に終わった」

短く、そう宣告されてしまう。

「そんな、失敗だなんて。御瓶さんは、ちゃんと……」

浄演のラストで光に包まれた。碧唯には、想いが浄化されたように思えた。

しかし狐珀は意に介さず、

「ルールの、逸脱があった」

「あ……」

自覚はある。途中でプロデューサーを演じることを、やめてしまった。

「物語世界に綻びが生じ、抜け出てきた」

碧唯は想像を巡らせる。暗闇のなかに走った亀裂から、するりと「こちら側」にやってくる御瓶慎平の姿が思い浮かんだ。

どうやら幽霊にとり憑かれたらしい。

認めたくない事実を碧唯は思い知る。

「これってペナルティってこと……？」

ルール違反によって科せられた、罰。

「だったら、気絶くらいでいいじゃないですか。どうして私だけ呪われるんですか!?」

――失礼ですね。呪ってなんかおりませんよ。

御瓶が口を挟んでくる。

「ああもう。すでに小言がうるさいな」

「エラーとは、予測不能なもの」

他人事のように狐珀は続けた。

「役を放棄する。演者として、禁忌に値する行いであろう」

そう言われては反論の一つも出てこない。演じる役を途中で捨てて、自分勝手に舞台を降りたようなもの。

――わたしに、何か不満があるとでも？

まさに不満げな顔つきで御瓶が見下ろしてくる。

「そんな簡単に受け入れられませんよ、マネージャーが幽霊だなんて！」

――きみは、勘違いしているようですね。

これみよがしに、ため息をつく御瓶。

――まだマネジメントすると決めたわけではありません。

「……はい？」

――仮契約です。きみが本当に逸材かどうか、わたしが手をかけるに値するか。この目でしかと見極めたい。

偉そうな口調で告げられる。浄演の際と、キャラクターが変わってないか？

「距離が近すぎます」

最初に舐められるわけにはいかないと、碧唯は強気に出る。

「これでも女子なんで。せめてもうちょっと、私の身体から離れてください！」

「くふっ……それは難しい」

狐珀が答えると、

——だそうです。

御瓶は背中にべったり憑いた体勢で言った。

何なの、この展開！

ろくに仕事をしないマネージャーから解放されたと思いきや、代わりにマネージャーの霊にとり憑かれた。

女優を志して、はや一年。

事務所をやめて振り出しに戻り、厄介事まで増えてしまう。

「つくづく、才能がある」

背中を向けた狐珀は、何やら付け加える。

「ルールの先にある希望を、見出したとは——」

「希望……？」

その意味するところに、碧唯の理解は及ばない。

狐珀はすべてわかっていたのだろうか。

浄演中の、選択を委ねた瞳を思い出す。

ああ、この演出家は俳優を信じている——そう思えたから、碧唯は御瓶と向き合えた。

物語のなかで偽りなく生きることができた。

ルール違反をしてまで選んだ物語の結末。それが希望というのなら、狐珀には、碧唯の未来すら見通せているのかもしれない。彼の言葉も信じたっていいのかもしれない。

怖いのは苦手なのに、胡桃沢狐珀への興味は深まるばかり。

ただ、それはそれとして。

碧唯は両手を合わせて、心のなかで思いきり叫んだ。

神さま、高校のとき礼拝をサボりがちでしたがお願いです！

私は普通にお芝居がやりたいんです。ちゃんとしたお仕事をください！

ねえ聞いてます、神さま……!?

＊

PRAY.03
「役者は見られる」

於：想の国・文化芸術創造ホール

＊

誰かが見ている。

ずっとそうだ。今も強烈に感じる。ステージの端から端、奥だろうが手前だろうが、どこに動いたって逃げられない。照準を合わせてついてくる。視線がまとわりついてくる。

気のせいだ。気にしすぎだ。

そう思えば思うほどに圧は強まる。一挙手一投足、頭のてっぺんからつま先まで、全身を見張られるような緊張感。こうなると呼吸すらままならない。セリフの調子も乱れてしまう。

あまりに奇妙だった。

視線は感じるのに、誰だかわからない。

どこだ、どこにいるんだよ！

荒木《あらき》隆光《たかみつ》は探した。同じステージに立つ共演者でも、舞台袖に待機する演出部チームでもない。客席のほうを見やる。空席のなかに、ぽつぽつと人影はあるが、彼らスタッフの視線とは別の、もっと禍々しい、燃えるような執着的な視線——。

ああ、もうお願いだ。

見るな、見ないでくれって！

「こらぁ荒木ぃ！」

しわがれ声の雷鳴が落ちた。周囲の俳優たちは一斉に立ち止まる。

音楽が止んで、稽古が中断されたと隆光は気づく。ぎゅっと胃が軋んだ。

「次はおまえのセリフだよ、おまえの！」

客席の中央から怒鳴られた。老演出家の譜久原《ふくはら》は、顔の皮膚を深く歪ませる。

「すみません」

セリフが頭から飛んでしまった。あってはならないことだが、今日はこれで三回目。

「散漫なのが丸わかりじゃねえか。集中しろって、何度言えばわかるんだ！」

「すみません」

「すみませんじゃねえ、謝るんなら最初からやれ！」

隆光は黙って頭を下げた。どんな返答だろうとお叱りを返される。当然だ。自分が足を引っ張っている。この時間をともに過ごす共演者たちにも、申し訳が立たない。

「どうしたんだ。何か気になるのか？」

譜久原に尋ねられて、

「視線が、気になって……」

と、隆光は打ち明ける。額の汗が滴り落ちて目に染みた。

「視線？」

「誰かに見られているんです、ずっと」

わかってもらえるかと思ったが、譜久原は鼻であしらう。

「何を馬鹿言ってんだ。誰かに見られるのが役者の仕事じゃねえか」

そう返されては黙るほかない。ここは劇場で、隆光たちは俳優としてステージに立っている。

「再開だ、再開！」

譜久原が乱暴に手を叩く。音楽が流れ、俳優たちはセリフを口にする。隆光も役を演じることに徹した。

まだ本番ではない。観客不在の、劇場を使っての稽古。しかし隆光は得体の知れない視線に怯え続けている。

集中しなきゃ。速まる動悸《どうき》を抑え込むように、それだけを言い聞かせる。

ようやく巡ってきたチャンスじゃないか。出演が決まってどれほど喜んだことか。俳優を志して三年、二十歳の節目に、目標だったこの劇場に立つことができる。結果を出したい。俳優・荒木隆光として認められたい。

きっと自意識過剰なんだ。

気負いすぎている。だから変な視線を作り出してしまう。ありもしないのに。

ステージ照明が変化する。

闇夜のシーン。薄暗くて濃いブルーが舞台面を染め上げる。

ぞくりと、背筋に悪寒が走った。

舞台袖のほうに目を奪われる。暗幕の隙間に細い布が垂れていた。天井から床に付きそうなほど、かなり長い布だ。あんなものあっただろうかと目を凝らし、隆光は即座に後悔をおぼえた。

見なきゃよかった。布じゃない。知らない人間の顔だった。異常なまでに縦に引き伸ばされた、男の顔が、びらんびらんと揺れている。

しかし視線は交わらない。何かに驚いたような表情で、男はそっぽを向いている。

気づかないふりをした。

幻覚だろう。暗幕が足りず、おおかた衣装の余り布でも、急場しのぎで舞台袖に垂らしたのだ。光の当たり具合でシワが顔に見えることもある。隆光は芝居を続けた。

まだ、誰かが見ている。

肌が痺《しび》れるほど視線が強まった。何度も頭が真っ白になりかけて、必死でセリフを思い出すが、滑舌は甘くなって声に張りが出ない。動きも乱れて、共演者たちのリズムからふるい落とされそう。まさに綱渡りの連続だった。

真上から、一灯の明かりが隆光を照らす。

見せ場のシーンだ。物語においても注目が集まる。隆光の芝居の評価はこの瞬間にかかっている。自信を持て。精いっぱいの演技を披露するんだ。大きく息を吸い、セリフを発しようと腹に力を込めたところで、足元に浮かんだ模様に気づく。

ステージの床を切り取るように光る、隆光を包む丸い明かりには、二筋の目と、一筋の唇があった。また男の顔だ。それもさっきとは異なる人間の顔つきで、横に伸びた薄笑いの目は、隆光をわずかに逸れて天井を見つめている。やはり視線は交わらない。

足がもたついてしまう。視界が陰って、自分が照明から外れたことを自覚する。

「立ち位置が違う！」

案の定、声を荒げる譜久原。

慌てて戻ろうとしたが、前に足が動かない。その場で客席に目を凝らした。

「荒木、どこ見ていやがる」

譜久原の呆れ声。だが隆光には答えている余裕がない。

感じたのだ。ついに視線の端を摑んだ気がした。中央、上手、下手と、ステージを囲む三面の客席はいずれも暗闇に没している。

客席の左方向から突き刺すような視線。今度は右からの険しい眼差し。すぐに首を振って確認するが、怪しい人物はない。何なんだ。頭の整理が追いつかなかった。変な化け物は見えるのに、自分を見つめる者の姿が捉えられない……。

その目は何かを訴えかけている。求めるような、期待するような、痛切な意思が感じられ、隆光を追い詰めていく。

「荒木、ちゃんと前を向け！」

足が竦んで動けない。強張った筋肉に、凝り固まる関節。金縛りのような痺れが自由を奪っていく……イヤだ、まだ動ける、もっと頑張れる。

舞台に立ちたい。僕は演技を続けたい！

心のなかで念じたところで、金縛りは痛みを伴って全身を蝕《むしば》んだまま。

衝撃。隆光は倒れている。ステージの床に身体が叩きつけられている。

それでもなお、誰かの視線に晒されて息苦しい。

「見るな……」

隆光は口に出していた。相手役の先輩俳優が抱き起こしながら、何か言っている。聞こえない。

「見るな。僕を、僕を見ないでくれぇー！」

しがみついて懇願した。先輩はおろおろと狼狽えるばかり。

周囲が騒がしくなる。ステージの床がどろりと溶けて、そのまま沈み込めばいいと願った。

俳優、やめよう。

そうすれば、この視線から逃れることができる――。

×　×　×

「ねえ、なんか見られてません?」

声をひそめて碧唯《あおい》が言った。この男と駅前から一緒に歩き出して数分、通行人から視線を送られてばかり。浮足立って落ち着かない。

「そうかな。こんなもんでしょー」

当の本人は気にしない様子で、すれ違いざまに目線を返す。きゃあーっと黄色い声が上がる。時間差で「やっぱそうだよね?」「生で見たの初めて!」と背後から聞こえてくる。

「変装とか、したらどうですか?」

碧唯は連れだって歩く俳優を横目で見る。柔らかい生地のベージュのセットアップに、インナーはブランドロゴの入った白Tシャツ。その高級感のあるシンプルなコーディネートから「芸能人です」ってオーラが溢れ出ている。無難なプチプラで買ったボーダーのニットとデニムパンツでまとめた碧唯は、恰好《かっこう》からして釣りあわない。袖口の毛玉くらいとればよかった。

「ほら、これなんてどうですか？」

通りかかった古着屋の店先にサングラスが売られていた。

「奥には帽子もありますよ。少しは顔を隠せそう」

店内を覗き込んで勧めてみたものの、

「やだよ変装なんて。何もわるいことしてないもん」

楠麗旺《くすのきれお》は、堂々と胸を張ってみせた。

「そういう問題じゃないんですよう……」

もろバレなんだって。さっきからずっと。

下北沢《しもきたざわ》の街中を楠麗旺が歩いている、と。

「さすがシモキタ。ここなら俺もまだまだ有名人だねえ」

碧唯の嘆きに我関せず、麗旺は屈託がない。大きな口は笑顔がよく似合う。

麗旺とふたりで往来を歩くのは、気後れした。

改めて思うけど顔がいい。背の高さもスタイルのよさも、綺麗な肌も整った目鼻立ちも、生まれもった素材によるところが大きいのは、男っぽさのなかに子役時代の可愛らしさが残るルックスからも明らかだ。選ばれし者とはかくも違うものか……いや、役者というのは外見だけじゃない、演技を磨いた表現者こそが本物なのだ、くよくよせずに頑張ろうと思い直す。

　至近距離で女子ふたりが見ていた。麗旺は可愛らしく手を振って満面のスマイル。ぎゃーっと女子たちが奇声をあげてスマホのカメラを向けた。やばい。顔を伏せた碧唯は、駆け足でその場から離脱する。

「あっ、ちょっと碧唯ちゃん？」

　麗旺が足早に追いついた。名前を呼ばないで。

「急にどうしたのー？」

「一緒にいる私が恥ずかしいんです」

「恥ずかしいって、ショックだなあ」

「そうじゃなくって、変な誤解をされたらどうするんですか？」

「変な誤解？」

「だからー、私が、かっ……カノジョとか！」

　自分で言うのは抵抗があった。もちろん付き合っていないし、付き合いかけでいい感じの雰囲気だからデートを楽しんでいるというわけでもない。

　十一月のはじめ。心地よい秋晴れの下。

　休日で朝から賑わう下北沢で、行動をともにするにはワケがあった。

「そんな風に見えないよ。イチャついてないし、手も繋いでないし」

「わかんないですよ、受け取る側の問題ですから。ほら、あの人たち」

示した先には女性の三人組。碧唯は全員とバッチリ目が合う。こちらに対して、どこか疑いの眼差しを向けている。違うんです、潔白なんです、「何あの顔丸いオンナ」「身長差ありすぎでしょ」なんて目線はやめてください！

好奇の目に晒されるのは仕方ない。麗旺は一世を風靡《ふうび》した人気子役で、そのスターぶりはいまだ健在らしい。週刊誌にリークとまではいかなくても、誰かに写真を撮られてSNSにアップされ、「楠麗旺がオンナと歩いていた」と拡散されようものなら、たちまち特定されてバッシングされかねない。これからの女優活動の足枷《あしかせ》になったらどうするんだ。浮いた話もなく、仕事一筋のストイックな生き様にこそ碧唯は憧れる。いわれのない熱愛報道など絶対に阻止しなくては！

「俺は碧唯ちゃんとなら」

ふいに麗旺が、「付き合ってもいいけどねー」

そう言って手を握ってくる。

「え！　なっ、はい……!?」

わかりやすく碧唯が狼狽えたときだった。

針で全身を刺すような、殺気に襲われる。

「ごめん、冗談だって」

咄嗟に手を放したのは麗旺のほうだ。引きつった笑みを浮かべて釈明する。そんなに怒らなくても、と言いたげだった。

「わかってますよ。手の握り方に、下心を感じませんでした」

碧唯が言うとホッとした表情を返したが、生気が抜けている。麗旺は殺気の出どころを勘違いしたようだ。

「ちょっと待ってくださいね」

碧唯は立ち止まって、スマホの地図アプリを凝視する。雑貨屋や飲食店でひしめき合う街並みが、小道に一本入っただけで急に消えた。

「このあたりのはずなんですけどねえ……」

相変わらずの方向音痴で、方角に確証が持てない。

「いやあー、緊張してきたな」

麗旺は気まずさを払拭するように、「あの人どんな家に住んでるんだろう？」と大げさな調子で言った。

「確認なんですけど」

碧唯は念を押す。「麗旺さんを紹介したら、私は帰りますからね？」

「さっきも聞いたよ。忙しいのにごめんね？」

「いや、忙しくはないんですけど……」

二度あることは三度ある。これから赴く先で面倒事に巻き込まれたくない。

「忙しくないんかーい。この後の予定は？」

「家で、好きなドラマのイッキ見です」

「暇やないかーい」

「ち、違いますよ。演技の勉強です！」

おどける麗旺に、碧唯は見栄《みえ》を張る。本当はバイト以外やることもなく、妹の朱寧《あかね》が怒るほど自宅で暇を持て余している。

事務所をやめてフリーになっても、現状は変わらなかった。

ろくなオーディション情報も得られず、ゼロからのスタートどころか一歩も進めない。自分で決めたことだから悩んでも仕方ないので、せめて勉強は続けようと、同じドラマを繰り返し鑑賞する日々……。

「ドラマかあ、ちなみに何て作品？」

麗旺が尋ねるのでタイトルを告げる。

「へええ、古いドラマ観てるね。十年以上も前じゃない？」

「再放送のときに知って、去年DVDを買いました。もう何回観たかわかんないです」

「あの頃のドラマはいいよなあ。舞台出身の俳優も多くて、みんなの芝居に血肉が通ってて」

そして麗旺はしみじみと言った。

「俺、別のドラマで主演の悠理子《ゆりこ》さんと共演したことあるよ」

「えっ、ええええっ!?」

スマホを落とした。「あわーっ!」画面は無事だった。

「素敵な役者さんだったよ。クソ生意気だった俺に、いろいろ教えてくれてさあ」

「う、羨ましい。私ファンなんです!」

間抜けな言葉しか出てこない。やっぱり麗旺はすごいキャリアの持ち主だ。

「この髪型もリスペクトで真似してるんですよ」

ふふんと、短くカットして跳ねさせた後ろ髪を見せつける。

優木《ゆうき》悠理子。碧唯が業界を志すきっかけになった女優。

「永遠の目標です。いつか私も、あんな風に演技ができるようになりたい!」

「渋いなあ碧唯ちゃん。同世代にも売れてる子いるじゃん。今なら、ええと名前何だっけ……あの、漫画の実写化でヒロインやりまくってる……」

「……南波音暖《ななみのの》」

しぶしぶ碧唯は名を挙げた。

「そうそう音暖ちゃん。彼女なんて勢いがあるよねー」

「はっ、比べるのもおこがましい!」

反射的に強く遮ってしまう。きょとんとする麗旺を見て、

「あっ、いやその私は優木悠理子、一筋ですから！」

と、我に返って取り繕う。

「そうか……きっと悠理子姉さんも嬉しいだろうなあ」

空を仰ぐように麗旺が言った。懐かしむような遠い声。つられて碧唯も見上げると、
雲一つない晴天が広がっている。

会話は途切れた。碧唯は入念に地図アプリを確かめて、下り坂を歩き出す。

「ここを抜けて、左に曲がったところのようです」

両脇がブロック塀になった道の終わりが見える。

「ほら麗旺さん。もう着きますよ――って、ええ？」

T字路を曲がって現れた建物を見上げながら、碧唯は言葉を失う。

「嘘だろ。マジで？」

麗旺も驚きを隠そうとしない。「だって、これは……」

立ち尽くしたふたりが、無言で顔を見合わせる。

碧唯と麗旺は胡桃沢《くるみざわ》狐珀《こはく》の邸宅に向かっていた。

「こんなの、家ってレベルじゃないぞ」

枯れた蔦《つた》で覆われた、巨大な洋館がそびえ立っている。

胡桃沢狐珀を紹介してほしい。

助けを求めている人間がいる。

そう麗旺からインスタのDMで連絡を受けたのが、事の発端だった。

狐珀に電話したところ、自宅に来るようにと住所を教えられた。電波がわるいのか、狐珀の声が小さいのか、聞き取るのに難儀した。ショートメッセージで送ってくださいと言ったら「携帯電話は持っていない」と返されて驚愕《きょうがく》した。今どき、おじいちゃんおばあちゃんですらスマホを使いこなすというのに。やはり変人は天才の匂いを感じさせてくれる……。

そんなわけで、麗旺を連れて狐珀の家を訪ねた次第である。

胡桃沢狐珀の住処《すみか》。生活臭を感じさせない演出家の彼が、どんな部屋に住んでいるのか興味はあったけど、想像の遥か上をいっていた。下北沢を歩いていたら突然お芝居のなかに迷い込んだかのような、それにしては舞台セットに見えようもないレンガ造りの洋風建築が現れた。シンメトリーで両端には尖塔《せんとう》まで備えている。高名な建築家が手がけた指定文化財だと言われてもおかしくない。

開けっぱなしの鉄柵を過ぎると、なぜか玄関ドアまで開けっぱなしで、インターホンが見当たらないのでそのまま足を踏み入れると古めかしいロビーが広がっていた。靴脱ぎ場がなければ住宅とは思えなかっただろう。年季が入った内装は、陽《ひ》が落ちれば幽霊屋敷と見紛うかもしれない。右端から真っすぐ伸びる階段から狐珀のかすかな声に呼ばれ、碧唯と麗旺は二階の部屋に通された。そこは意外にも畳張りの和室で、窓のない、三方《さんぽう》の壁を巨大な本棚が埋めている。

そうして今。

「なんだこれ……」

本棚に張りついた麗旺が、ごくりと喉を鳴らす。来訪の目的そっちのけで心を奪われている。

「七八年版の蜷川《にながわ》『ハムレット』に……うわ、ナイロンじゃなくて健康の『ウチハソバヤジャナイ』だ……って、こっちには高校演劇まで……えっ、『今夜はすき焼き（仮）』これ伝説の初演オリジナル……!?」

何を言っているのかまったくわからない。お芝居のタイトルなんだろうけど、ハムだの蕎麦《そば》だの、すき焼きだの、食べ物ばかり。いや、ハムレットは人の名前か。

「そんなに凄いんですか？」

中央に置かれたアンティーク調の丸テーブルに据えられた椅子に座ったまま、碧唯は訊いた。

「宝の山だよ。まるで演劇の博物館だ！」

麗旺は両腕を広げて、自らのコレクションを自慢するかのよう。

中央の棚には色褪せた背表紙の本が、高さも厚さもバラバラに並んでいる。向かって右側の棚は、辞書ほどに重厚なファイルや、膨大な紙束が詰め込まれ、コピー用紙の台本や舞台のチラシが雑多に積み上がる。そして麗旺が執心する左側の棚には、手書きマジックで白いラベルに何やら書かれた直方体が陳列されていた。

「狐珀さん、すごいわ。ここまでどうやって集めたんだ？」

「関係者を辿り、記録映像をダビングした」

狐珀がティーカップを載せたトレイを持ってきた。今日は一段と髪の毛のうねりが禍々しい。ほとんど瞼も閉じている。燕尾服ではなく黒いガウンを纏っているので、直前まで寝ていたのだろうか。何となく夜型っぽいし。

「はあー。人脈エグいっすね」

「昔の、BS放送の録画もあるが」

「あれ時々、マニアックな演目を流しますよねえ」

麗旺は湯気を立てる紅茶に目もくれない。碧唯は会釈して頂戴した。びっくりするくらい美味《おい》しくない。

「ところで狐珀さん。これって、貸し出しオーケーっすか？」

「構わない」

「いやったあああっ！」

麗旺は歓声をあげながら、「師匠と呼ばせていただきます！」と、ケースに入った直方体を棚から抜き取る。

「何なんですか、その四角いの」

碧唯は味のしない、色のついたお湯のカップを置いて、麗旺に近寄った。

「何ってビデオ……ＶＨＳだけど」

「ああービデオ。聞いたことあります！」

実物は初めて見た。こんなゴツくてチープな作りだったのか。

「麗旺さん、それどうやって観るんですか？」

うちにある再生機器は、物心ついたときからディスクしか入らない。

「大丈夫。俺はビデオデッキ持ってる」

「えっ、すごい」

「昔はＤＶＤも配信も無いから、たとえ定点記録でも映像が残っているだけで奇跡なんだよ。舞台は一度幕が下りると消えちゃうし。戯曲集だってそう。小説と違ってなかなか本にならないわ、絶版ばっかで手に入らないわ、ほんと演劇は冷遇されすぎだよ」

「麗旺さんって演劇が好きなんですねえ」

「わるいかよ」

もっと軽薄なノリかと思っていたが、そうではない一面を垣間見た。

「どうせ子役あがりだからって、軽く見てるんだろ？」

「いやっ」見事に見透かされた。「大変失礼しました！」

「何だかなあ。子役イコール一発屋で消える勘違い野郎、みたいな世間のイメージ。確かに中学くらいのときは調子に乗ったけど、演技の勉強は人一倍やってたし、映像の仕事が減ってからは舞台に立つようになって、知っちゃったんだよね……演劇の面白さ！」

嬉々として熱弁を振るう麗旺だったが、ふと言葉を切って部屋を見回す。

「だけど俺の演劇愛も、師匠には勝てないっすね。こんなすごいコレクションを見せられたら」

「一部にすぎない。倉庫は未整理で、山とある」

「すごい……さすがは元・天才演出家！」

「元は、要らない」

小さく、それでいて強く狐珀が訂正する。

「俺、師匠の芝居って見たことないんですよ。最後に芝居を作ったのは？」

「十三年前」

どきっとする碧唯。十三年ぶりに再会したという、舞台監督・巌倉との会話がよぎる。

「ああー。その頃は俺、テレビばっかり出てたからなあ。映像って残ってますか？」

麗旺が尋ねると、ふいに狐珀は返答をやめた。ただ麗旺を見返したまま動きを止める。

部屋の空気が冷えて固まっていくような沈黙だった。

「ええと、すみません。なかったら大丈夫っす、観たいものいっぱいありますから！」

麗旺は咄嗟に取り繕った。

「ほら、碧唯ちゃんも勉強したほうがいいよ。こんなに選《よ》り取《ど》り見《み》取《ど》り！」

「は、はい。でもビデオデッキが家にありません」

「じゃあ戯曲は？」

「うーん、私に読めるかなあ」

棚に並んだ背表紙を見つめても、どこから手を付けていいのかわからない。

――きみ、少しは興味を持ったらどうです？

急に耳元で囁かれて、息が詰まりかける。

――好きな女優の演技研究も結構ですが、幅広く勉強したほうがよろしい。

天を仰ぐと、鼻先と鼻先がぶつかった。というより感触がないのですり抜けたが、思わず碧唯は半身を引く。

仏頂面で見下ろす、反転した男の顔。御瓶慎平が姿を現している。

「出てこないでくださいっ！」

「え？」

麗旺に反応されてしまう。

「ああ、ええと。……見えないですか？」

自分の頭上を指し示すが、麗旺は目を丸くするばかり。

「実は、ついてきてるんですよ。マネージャー……」

――志佐がお世話になっております。

幽霊のくせに眼鏡のレンズが光った。軽く頭を下げた御瓶だが、麗旺は「マネージャーって？」と首を傾げる。

「碧唯ちゃん、事務所やめたんじゃなかった？」

「実は、いろいろありまして……」

彗星劇場での浄演の顛末《てんまつ》について話した。数日経てば消え去るかもと期待して、麗旺には黙っていたのだが、依然として御瓶は背後にとり憑いている。普段は姿を隠しつつ、ちょくちょく碧唯に話しかけてくる。オーディション情報を集めろ、ＳＮＳの更新を忘れるな、これらはまだいいとして、スマホばかり眺めるな、メイクをしたまま寝るな、深夜にカップラーメンを食うな、などと小言が多い。ひとりでいても気配を感じるから落ち着かない。「お風呂もトイレも同行されている!?」と疑念を抱いたときには赤面絶叫したが、「プライベートには配慮しております」と反論された。一時的になら碧唯の身体を離れられる、とのこと。それなら今日も自宅待機してほしかった。

「はあー、そんなこともあるんすねえ。浄演って奥が深いなあ」

説明を聞いて変な感心をした麗旺は、「待てよ」と眉をひそめて、

「ってことは、今日ずっとマネージャーがいらっしゃった……？」

「そうですよ。さっき私の手を握ったとき、殺気を感じたでしょ」

「ああっ！」

苦笑いを浮かべて目を泳がせる麗旺。殺意の出どころに思い当たったらしい。

——うちのタレントに軽々しく手を出すつもりなら。

ぶわりと空気がなびいた。御瓶はドスの効いた声で、

——今度は覚悟していただきます。

「聞こえた！　嘘っ、マジか、今のは聞こえました、ごめんなさい！」

よほど感情がこもったのか、御瓶のお叱りは耳に届いたようだ。平謝りする様は一流芸能人のオーラを霞《かす》ませる。

「もう、いいですって」

——志佐くんも脇が甘い。きみも懸念したように、変な噂で仕事に支障がでたら困るでしょう。

「まだ支障が出るほどの知名度、ないですから」

――ほら甘い。無名のタレントだろうと、いつか売れたタイミングで報道を打つために、週刊誌記者はネタを集めているものです。

「ええ、こわ……」

あんまり脅すから不安になった。写真は撮られていないと思うが、気をつけようと心に留める。

「御瓶氏とは」

狐珀は穏やかな声色で、「仲良くやっているようだな」と頷いた。

――ああ胡桃沢さん、その節はお世話に……。

「これのどこが仲良く見えるんですか!?」

碧唯は思わず遮ったが、

「失礼。想像でモノを言った」

と、狐珀が謝る。

「あれ、狐珀さんにも見えないんですか?」

てっきり背後霊を視認しているとばかり。

「思念の、輪郭とでも言おうか」狐珀は述べる。「その程度の気配ならば察している。声や姿などは、他者には知覚できない」

よほど強力な想いを向けられない限り――と、付け加えた。

「なるほど。だから浄演すると、幽霊の姿が見えるんですね」

霊とセリフを交わしたとき、互いの感情がぐっと交錯する。想いを強く受け取ることで、その姿を捉えることができるらしい。

狐珀は霊能力者というわけではないようだ。

でも、演出家だからといって浄演を取り仕切ることができるものだろうかと、今日も付けてきた指輪を見ながら思った。まだまだこの男には秘密が多そうだ。

「師匠に見えないなら俺に見えるわけないわ」

麗旺は冷やかすように、

「ヤバイ人に見えちゃうから気をつけてね、碧唯ちゃん」

「……私が、ひとりでブツブツしゃべってる感じになるわけですね」

「いま、まさにね」

「イヤだなあ～」

――またそうやってマネージャーを邪険にする。わたしも少しは役に立ちますが？

「はいはいはいはい、わかりましたのでまた後ほど！」

碧唯が打ち切ると、小さく鼻を鳴らして御瓶は消えた。姿は消えても肩の重みは残ったまま。だいたいマネジメントは仮契約って話ではなかったのか。もう有耶無耶《うやむや》になって背後に住み着かれている。

「便利でいいんじゃない？」

麗旺が平然と言う。「マネージャーと連絡取りやすいし、何かあったらすぐ相談できるじゃん」

「いやー、まだそんなポジティブシンキングの域には！」

達していない。慣れてはきたけれども。

「駄弁が過ぎたな」

狐珀が、細い双眸を麗旺に向ける。

「用件を、聞こう」

「はい師匠！」

麗旺は畳に正座して、「この二番弟子たる楠麗旺。ぜひとも師匠の力を借りたくて参りました！」

「二番弟子？　狐珀さんってお弟子さんがいるんですか？」

碧唯が横槍《よこやり》を入れると、麗旺が指をさしてくる。

「一番弟子は碧唯ちゃんだって、俺はわきまえてるから」

「いやいや、おかしいおかしい！」

「だって碧唯ちゃん」麗旺は意味深に笑って、「もう二回も浄演に参加してるじゃん」

「だからって、私は狐珀さんの弟子になったつもりありませんから」

「弟子でなくとも構わない」狐珀は口元に手を添えて、「浄演の都度、出演交渉を行う」

「ほら、師匠に気に入られてる～」

「違う～、そうじゃない～」

碧唯は両手をぶんぶんと振って、「もう出ませんって～、怖いの苦手なんですって～」

こっちは浄演のペナルティで幽霊にとり憑かれたのだ。次もまた、祟《たた》られたり呪われたり、どんな目に遭うかわかったものではない。

「それで師匠、依頼の内容なんですけど」

碧唯の主張をスルーして、麗旺は話を続けた。

「実はですね。俺の俳優仲間で荒木隆光ってヤツがおりまして……」

「じゃあ、私はこれで失礼します」

碧唯は「お邪魔しました～」と逃げるように部屋を出た。ドアを閉める。実際、逃げるも同然の素早さだった。急勾配な階段を軋ませて、そそくさと降りていく。

無事にお暇《いとま》できそうだ。どうせまた怖い話を聞かされるだろうし、長居しては浄演に駆り出されかねない。一刻も早く外に出るため、玄関に向かう。

下足箱からスニーカーを取り出したところで、ふと顔を上げて振り返る。

調度品も家具もない、薄暗いフロアの奥に、閉じられた大きな扉がある。

声がした。

話の内容はわからない。賑やかなやり取りが、碧唯の耳をくすぐる。会話の中心に、ひとりの声。男なのか、女なのか、そんなことは問題にならないほど、澄みきった美しさがある。

呼ばれたと思った。

気がつけば扉を開けていた。

「信じらんない……」

整然と客席椅子が並び、対峙するようにステージが広がる。

扉の向こうは劇場だった。

前に進むごとに靴音が吸収される。まるで教会のような、荘厳な静謐《せいひつ》さ。かすかに木の香りが漂う。

最前列からステージを見上げた。舞台の上は荷物で埋め尽くされ、ほとんど足の踏み場もない。下手に積まれているのは平台と箱馬。どちらも舞台セットを建てる際に使われる資材だ。上手に並ぶのはスピーカーと灯体で、大きさ順にぴっちりと置かれている。

少しは劇場にあるものが判別つくようになってきた。

まさか劇場で生活しているなんて……。胡桃沢狐珀。まったく得体が知れない。眺めているうち、どこかに遠ざかる感覚をおぼえる。

かつての時間が沈殿し、ずっと滞留したままのような、現在から、日常から、忘れ去られてしまった劇場——碧唯にはそう映った。

ふと、誰かに抱きしめられる。

じんわりと身体が温まっていく心地よさ。誰だろう。澄んだ声の旋律をとらえた。やはり言葉は聞き取れない。

ふわりと気配が身体から離れる。待って、行かないでと、その気配を追うように、気がつけば碧唯はステージに上がっていた。

平台と灯体のわずかな隙間に身を置いて、目を閉じる。呼吸を整える。心を落ち着かせて耳をそばだてる。

シアター・バーンで試した、「あの感覚」を思い出す。

どうしても話してみたくなった。ここには誰かの想いが遺《のこ》っている。その想いに碧唯は惹《ひ》かれている。あまりに美しい、不思議と懐かしい、声の主に逢《あ》いたいと願っていた。

胸のさざ波が引いて、宙に浮くような軽やかさに包まれる。

声が聞こえる。近い。もうすぐだ。

楽しげな、あなたの声。何かを訴える言葉。

もう少し、もうちょっとで、私に届き——。

りりりりりりりりりりりりりりり！

耳鳴りに襲われて頭が揺さぶられる。苦しい。視界を覆いつくすのはドロドロに溶けた紫色の歪み。耳鳴りに合わせて全身が痛んだ。助けて。死にたくない。お願いだから今すぐこの音を――。

誰？

誰か、いる。

碧唯のすぐそばに佇む、誰か。

その姿はドス黒く染まっている。だけど碧唯は知っている。知っている、とだけ理解できる。耳鳴りはやまない。何も考えられない。それでも碧唯は俯かず、目を逸らさないで、黒いシルエットに対峙する。

それは碧唯に語りかける。

――こ、はく。

――こはく、こえよう。

――いまいましい、このやまを、こえてさ。

――うちらの、じんせいを、はじめてやろうよ。

――死にたくない。

「何をしている？」

振り返ると狐珀だった。開けられた劇場扉の横に立っている。見慣れはじめた漆黒の燕尾服に着替えている。

耳の奥にわずかな振動を残して、景色はもとに戻った。黒い影なんていない。

「聞こえたのだ、悲鳴が」

叫んだのだろうか。記憶がない。けれど喉がチクリと痛む。知らないうちに声帯を酷使した証だ。碧唯は床に座り込んでいた。

「あの」

碧唯は言った。

「賑やかで、楽しそうだったから……」

「賑やか……？」

狐珀が息をのむ。

「あ、いやっ」

何を言っているんだろう。頭がうまく働かない。

「ごめんなさい、勝手に入ったりして……！」

碧唯はステージから飛び降り、狐珀のそばに寄った。

「構わない」

怒ってはいないようで、ほっとする。

「声が、したんです」

縋るように尋ねた。「声を聞こうとしては、いけなかったですか？」

視線が交わる。狐珀の表情は動かない。

ただ、どこか諦めるように、

「届かない、想いもある」

と言った。

「狐珀さん――」

呼びかけて、後が続かない。その黒い瞳の奥底にあるのは、怖《おそ》れだ。碧唯は初めて彼が恐怖する様をとらえた。この人の抱える触れてはいけないものに、指先が当たってしまった。

劇場に住むほど演劇を愛した人が、どうして演出家を干されたのだろう。

――俺は赦してねえからな……てめえが、あの時やったことを。

巌倉の言葉が蘇る。

芸能界には、わるい大人もいると麗旺は言った。ネガティブな想像ばかり膨らんでいく。

胡桃沢狐珀。この人はいったい、何を――。

「碧唯ちゃん、どうしたの大丈夫？」

狐珀の肩越しに、麗旺が顔を覗かせる。

「大声なんか出して何かあった？　てか結局、待っててくれたってこと？」

手には、底が抜けそうなほどに膨らんだ紙袋。ビデオテープがぎっしり詰まっている。

「違うの。待ってたわけでは……」

「えっ、何だここ！」

麗旺は大きく仰いだ。口を開いたまま、瞬きを何度も繰り返す。

「師匠、とんでもないっすね……劇場主だったなんて」

「もう使われてはいない」

「マジですか、もったいない！」

麗旺はステージに近づいて、床面を撫でる。

「設備がダメになったんですか？」

未練がましく麗旺が言うと、

「電気系統も含め、生きている」

かび臭さも埃っぽさも感じられず、床の板張りはワックス掛けが真新しい。二階の居住空間より掃除が行き届いている。木の香りがまた鼻孔をくすぐった。

「じゃあ芝居が打てますね。俺、企画公演やっちゃおうかなあ〜。チャレンジしたい戯曲あるんですよ！」

熱烈に迫る麗旺だったが、狐珀は物思いに耽るかのように沈黙してから、

「夢を広げるのは結構だが、ゆこう」

上着の裾をひるがえして玄関に向かった。

「そうでした。碧唯ちゃんも早くおいで」

狐珀の後を追いながら、麗旺が急《せ》かす。碧唯も扉から出た。胸が軽くなる。うまく息を吸えていなかった。

「どこに行くんですか？」

「どこって、想いの交わるところだよ」狐珀のような言い回しをする麗旺。「師匠が、今から力を貸してくれるってさ」

「依頼内容からして」

狐珀が告げる。「浄演は必定」

「そうなんですね……」

「無理にとは、言わない」

そっと狐珀が左手を差し出した。薬指以外に光るシルバーリングの煌めきを見ながら、左利きなんだなあと知る。

「力を貸してほしい」

「私――」

碧唯は狐珀の前に出る。

「行きます」

自然とその手を握り返す。

麗旺が「なんで握手？」と笑った。

なぜだろう。

狐珀が向けた手。長い指に、大きな掌に、碧唯は寂しさを感じた。この手をひとりにしてはいけないと思った。

碧唯は劇場の扉を閉める。

――届かない、想いもある。

狐珀は言った。碧唯にも理解できる。扉の向こうにはまだ届かない。

だけど不思議なことに。

いつか再び、この扉をこえる自分の姿が、碧唯のなかで鮮明に浮かんだ。

＊

狐珀邸を出て現地に向かったが、電車を乗り継いで一時間以上、埼玉の初めて降りる駅だった。

「降ってきましたね、急ぎましょう」

碧唯の頬に雨粒が落ちてくる。東京とは打って変わって、生憎《あいにく》の空模様。

三人は足早になる。郊外らしい町並みで、劇場なんてあるのかと訝しんでいると、歩道に沿って手形のレリーフがぽつぽつと現れた。どれも第一線で活躍する、有名な俳優のサインが添えられる。

「みんな、この先の劇場に立った人たちだね」

ツアーガイドのように麗旺が言う。劇場名の書かれた幟《のぼり》が等間隔に並び、風になびく。

「危《あぶ》なっ！」

交差点を渡りかけると、トラックが猛スピードで走り抜けた。

「信号無視じゃん。ふざけんなー！」

碧唯の罵倒はドライバーに追いつかない。

「人通りが少ないからって、最悪」

「死んだら俺が浄演してあげるよ」

縁起でもない麗旺のジョークは無視した。ガードレール脇に立つ看板には「注意！交通事故多発」の文字。見通しのいいところほど油断ならない。

横断歩道の先には広大な緑花公園があった。雨に濡《ぬ》れはじめたベンチをいくつか過ぎると、無骨なグレーの平たい建物が現れる。

想《そう》の国・文化芸術創造ホール、通称「想創ホール」だ。

「劇場って、いろんなところにあるんですねえ」

打ちっぱなしのコンクリート壁が美しいロビーだった。古びた小劇場でも、豪奢な大劇場でもない、市民センターのような施設。由緒正しい歴史ある劇場で、この一帯が行政の管轄のもと芸術都市の側面を持つと、麗旺が教えてくれる。

ロビーを抜けて客席内へ。

依頼人は、最後列の開《ひら》けたスペースで待っていた。

「こいつが隆光だ。荒木隆光、俺の俳優仲間！」

麗旺が紹介すると、隆光はおっとり会釈する。

高校生から俳優をはじめて、まだ二十歳らしい。中性的な柔らかい輪郭と、今っぽい細身の立ち姿。麗旺みたいな陽のオーラはなく、年齢よりも落ち着いてみえる。

「こちらが、その……」

隆光は、狐珀に釘付けだった。

畏怖、疑念、恐怖、いろんなものがゴチャ混ぜの視線……無理もない、黒ずくめの異形だもの。

「ああ」麗旺は誇らしげに、「例のすごい人、胡桃沢狐珀師匠だ！」

ここでも師匠呼びだが、狐珀自身は気にしていない様子。

「そしてお隣が、師匠の一番弟子であらせられる志佐碧唯ちゃん」

「弟子じゃないってば！」

反射的に突っ込んでから、「……成り行きで同行しました、女優の志佐碧唯です」

「女優さんなんですね。何に出てらっしゃるんですか？」

「あっ、いえ。まだ駆け出しなもので！」

碧唯は身を引いて、狐珀の後ろに隠れた。代表作をパッと言えるようになりたい。

「ふふ、駆け出しなのは僕もですよ」

笑った顔が、確かにあどけない。

「隆光とは前に現場で一緒になって」

麗旺が紹介を続ける。「お互い仲良くなったんだよ。碧唯ちゃん、こいつ顔がいいでしょ？」

「なんで私にふるの。……素敵だと思いますけど」

いきなり相手の容姿に言及するのは憚られるので、碧唯なりに言葉を選んだ。

「いやー、嫉妬するくらいに整ってるわ〜」

麗旺はあざとく隆光に顔を近づけ、「でもまだ売れてないんだよな」と背中を叩いた。

「この顔面でファンがいないとか、嘘みたいだろ」

「麗旺さん失礼ですよ」

碧唯が注意するも、当の隆光は、薄く濁ったような笑いを返す。

荒木隆光の人気はいま一つらしい。ポテンシャルを考えると、もっと売れていい、なんか惜しいんだよなあと、麗旺が電車内で繰り返していた。

「びっくりしたよ。いきなり俺に役者やめるって連絡きたもんだから」

「えっ、やめちゃうんですか!?」

「ごめん」隆光は麗旺に、「舞台に立つ資格ないんだよ、僕なんて……」

どうやら、事態は予想していたよりも深刻らしい。

「もう大丈夫だ！」

麗旺は胸を張って、「悪霊に祟られても、狐珀師匠が浄化してくれる！」

「話を聞こう」

狐珀がそう促すと、

「悪霊かどうかは、わからないんですが……」

隆光は自信なさげに狐珀を窺いながら、

「舞台に立つと視線を感じるんです。すごく強くて、身体のあちこちが痛いくらい」

と、被害を訴えた。

「普通じゃないんです」隆光は先を急ぐ。「視線は感じるのに、どこから見られているのかわからない。見えない誰かが僕を追い回してくる！」

「それって」

碧唯は思わず狐珀を見た。狐珀が頷く。

やっぱりそうなのだ。姿の見えない者による、想いの発露。まさに浄演の案件じゃないか。

「舞台袖に待機する共演者や、客席にいるスタッフの目とは明らかに違って、ひたすら僕のことを追いかけてくる。舞台裏にハケるまで逃げられません。今まで、こんなことはなかったのに……」

話しながら落ち込んだのか、隆光は俯いてしまう。

「見張られているみたいな、人を値踏みするような、とにかく気が散って仕方ないんです。セリフも飛んでしまうし、失敗ばかりで……演技に集中できません」

役者失格ですと、言ったきり隆光は黙りこむ。

彼が狐珀に語る様は、神父に懺悔《ざんげ》する少年のようだった。

「なんか、そういう妖怪でもいるんですかね？」

場を繋ぐため、碧唯は思いつきを口にした。「じっと相手を見て生気を吸う、みたいな？」

「妖怪……ぶふっ、くふぅー」

引きつるように狐珀が笑う。まったくわからない。何が面白かったのだろう。

「あと」

隆光は狐珀のおさまりを待って、「変なものも見えるんです」

「変なもの？」碧唯が尋ねる。「その視線とは別の？」

「舞台袖のほうなんですが」

言われてステージに目をやった。舞台は珍しい「Tの字」型で、前方部分が客席まで突き出しているが、奥のほうは両サイドに舞台袖がある普通のつくりだ。

「上手の暗幕に、男のひとの顔が」

「……はい？」

「天井から床まで、縦に引き伸ばされた男の顔が揺れていたんです」

隆光の言葉をそのまま想像し、碧唯は総毛立つ。ぶらんぶらんと舞台袖に揺れる男と目が合った気がして、悲鳴を上げかける。

「その後、照明もおかしいことに気づきました。足元の、丸い明かりのなかに影があるんです。目のような線が二本、口のような線が一本、横に伸びた人間の顔が浮かんでいました」

「ひいいいっ！」

結局叫んだ。押さえ込んだ口元から漏れ出てしまった。

「ガチで怖いやつじゃないですか」責めるような口調になる碧唯。「なんでそっちを先に言わないんですか？」

「違うんです！」

隆光は拳を握りしめる。

「そんな化け物より、あの視線のほうが……よっぽど苦しい！」

顔色が明らかに変わった。

「垂れ下がった顔も、照明に浮かぶ顔も、僕のことを見ていません」

肌は青褪めて、目が真っ赤に充血。隆光は怯えきっている。

「違う方向に向いているし、姿が見えるだけマシなんです。でも、あの視線は嫌で嫌でたまらない。何ていえばいいのか、その……」

口ごもった隆光に対して、

「己に向けられた、意思の強さ」

狐珀が代わりに答える。

「そう、ですね」

気持ちが通じたと思ってか、隆光の表情が少しだけ和らぐ。

「僕だけが狙われているみたいで怖いんです」

「視線なんかより、バケモンのほうが不気味だけどねえ」

隆光の訴えを歯牙にもかけない麗旺。彼は幽霊だろうと怪物だろうと、怖れを知らない性分にみえる。

「私はわかりますよ！」

碧唯は隆光を励まそうと、「体験した人じゃないと、どんなに怖いかわからないですよね！」

「つまり、わかってないじゃん」

麗旺に水を差される。ああもう意外と細かいなあ。

『間もなく稽古をはじめます』

劇場内に女性のアナウンスが響き渡った。

「時間だ。もう行かなきゃ」

隆光が姿勢を正す。ひとまず役者を続けるようで、碧唯はホッとした。

「稽古って言った？」麗旺が不思議そうに、「場当たりじゃなくて？」

「前倒しで劇場を借りてるんだよ。譜久原さんって、本番と同じ環境で芝居を作りたい人だから」

「はあ～贅沢なこと」

麗旺は皮肉めいた高いトーンで、「さすが大御所の演出家は違うねえ」

「胡桃沢さん、どうかよろしくお願いします」

擦れた隆光の声から、碧唯にまで緊張が伝播する。

いま語られた一連の怪異が、これから現れるかもしれないのだ。

「今日こそ演技に集中できるように頑張ります！」

自分に言い聞かせるように宣言して、隆光は客席階段を駆け下りる。ステージに集まった俳優たちと合流する。

「とりあえず私たちは見学ですかね？」

客席を指し示すが、狐珀はステージを眺めて考えに耽ったのち、音もなく後方扉へと向かう。

「狐珀さーん、どこ行くんですか？」

「うむう」

ふわっとした相槌を残し、消えた。調査に乗り出したのだろうか。

碧唯は最後列、通路側の座席に腰を下ろす。その隣には麗旺が座った。

「それにしても」

碧唯は全体を見渡しながら、「面白いかたちですねえ」

改めて見ても特徴的な劇場だ。「Tの字」型のステージの突き出した部分が、三方向から客席に囲まれている。客席の並びは高低差があるすり鉢状で、ローマにあるコロッセオの半分バージョンみたいな感じ。上手、下手、中央と、座る位置によって見え方も変わりそうだ。

「このかたちをオープンステージと言いまぁす」

ナレーションっぽいトーンで解説をはじめる麗旺。

「どの席からもステージが近く、お客さんは臨場感を味わえまぁす」

「なるほど。普通の客席の並びだと最後列はもっと後ろになりますもんね」

「ステージ全体を見渡せるのもメリットでございまぁす」

傾斜があって舞台を見下ろすスタイルだ。これなら前列のお客さんの後頭部が、視界の妨げになることもない。

「いろんな劇場があるんですね、勉強になります！」

うずうずと心がおどる。今まで劇場といえば、立派な建物、赤緞帳《どんちょう》に広いステージ、縦横に並んだ客席、くらいのイメージだったけど、シアター・バーンも彗星劇場も想創ホールも全然違う。劇場を訪れるごとに、バリエーションの豊かさに驚かされる。

「演じる側は大変だけどね～」

麗旺が口調を戻して、「いつもなら前だけ意識すればいいけど、あらゆる方向に気を配って演技しなきゃいけないから」と苦労話のように語った。

「どういうことですか？」

「例えば」

そう言って背中を向ける。

「役者がずっとこの状態でステージに立っていたら、どう思う？」

「……たまには顔も見せてほしいかな」

「だよね。あっちを向けばこっちに背が向いちゃう。自分の身体が客席からどう見えているか、役者は常に配慮しないといけない」

「難易度が高いんですね。私も立ってみたい！」

「碧唯ちゃん。話、聞いてた？」

「だって経験しなきゃ、演技も上達しないですもん！」

などと雑談に興じるうちに、客席の明かりが絞られた。中央客席の中ほどに、高齢の演出家とスタッフ二名が座ったほか、前方の両サイドにも人員がスタンバイ。白髪の痩せた演出家は、譜久原重樹《しげき》という。当劇場の芸術監督を兼ねる御年八十三歳の大御所らしく、碧唯も名前くらいは知っていた。物々しい雰囲気のなか、神々しいステージ照明が灯り、猛々しいクラシック曲が流される。俳優たちは猛烈な勢いでセリフを繰り出す。本番さながらの稽古がはじまった。

「いやな視線と、顔だけのバケモンがふたりねえ」

麗旺が耳打ちしてくる。「多いな。呪われた劇場なのか？」

「やめて脅かさないで」

すぐに現れてもおかしくない。複数で押し寄せてきたらどうしよう。冷や汗が出てきた。

「知り合いが何人もここで芝居やってるし、俺も立ったことあるけど、お化けが出るなんて聞いたことないんだよなあ」

「隆光くんに、とり憑いてるとか？」

「だとしても、三人は多すぎるって」麗旺は他人事のように、「ガチのお祓いしたほうがいいね」

「笑いごとじゃないですよ」

本人は役者をやめたいとまで思い詰めているのだ。

「師匠もすぐに動いたし」

麗旺は後ろを振り返って、「さすがに今回は厄介な依頼なのかも」

「麗旺さん、楽しんでません？」

「そりゃあもちろん」

だって前回は浄演に参加できなかったしー、と足を交互に踏み鳴らした。

私もこんな風に余裕をもって構えたいと、ビクビクしながら碧唯は思う。

覚悟を決めて、注意深く舞台面を観察した。

台本途中からの稽古なのでストーリーは摑みづらいが、俳優たちの熱演は見応えがあった。年齢層は四十代が多いようで、堂々たる姿勢で客席を向き、迷いなく重厚なセリフを発する。舞台セットは一切ない。広いステージに立つ生身の人間から放たれる演技に、ぐいぐいと引き込まれていく。

舞台に隆光が現れる。

彼が最年少だろうか。先輩キャストに交じって、懸命に芝居を続けた。

だけどこれは……。

「隆光をどう思う？」

麗旺が訊いてくる。碧唯は言葉に迷ったのち、

「なんか、物足りませんね」

そう形容した。麗旺は「だよなあ軽いよなあ」と、背もたれに体重をあずける。

お世辞にも、うまい演技とはいえなかった。セリフの言い方が軽いのか、声が届かずに拡散してしまう。ほかの俳優はガンガンと碧唯の身を揺さぶってくれるのに。

姿勢もよくなかった。腰が引けている。ふらふらと立ち位置は定まらず、伏し目がち。あれだと客席のどこからも表情を窺いにくい。

「もう少し、客席のほうを意識してくれれば……あれ？」

碧唯は気づく。隆光の様子がおかしい。

セリフのテンポが乱れた。ひとりだけ出だしが遅れたり、音の調子が外れたり、不安定になっている。芝居の実力どうこうではなく、明らかに動揺が見て取れた。

はじまった……？

まさに今、隆光は怪異に遭っているのかも。

碧唯は中腰になって目を凝らす。スタッフたちは定位置を動かない。怪しい人物が入ってきた形跡もない。何よりもあの、幽霊のやってくる気配が、どこからも感じられない。

「……っ！」

びくっと身体を震わせ、隆光は両腕で顔を隠した。

おとずれる突然の沈黙。躊躇《ためら》っている彼の姿に、碧唯まで息苦しくなる。

「セリフ遅い、何やってんだ！」

バンバンバンバンと手を叩く譜久原。

「荒木ぃ！」

客席からステージに怒号が飛ぶ。びりびりと天井が揺さぶられる。

「昨日と同じじゃないか、集中しろ！」

「す、すみません」

隆光はもう息が切れている。

「集中力が散漫だって言ってるんだ。難しいことか？」

「できます、やらせてください」

「もう一回！」

譜久原が告げると稽古は再開された。よくバレー部でも叱られたなあと、碧唯は懐かしさをおぼえる。

仕切り直しても駄目だった。隆光の演技はもう崩れている。不安げな顔つきで、あちこちに目を向けるばかり。例の視線に怯えているのだ。

「おい中断!」

叩き斬るような譜久原の声。キャストよりも声が大きい。

俳優たちは直立不動のまま次の言葉を待った。永遠にも思える重苦しい時間の流れが、碧唯をも飲み込んでいく。

「……荒木、おまえ」

今度は怒鳴らない。

「いったい、どうしちゃったんだよ」

呆れやら、失望やら、感情を抑え込んだ声色は、かえって圧が増している。

「心配事でもあるのか?」譜久原は平坦《へいたん》なトーンで、「彼女と別れたとか」

俳優のひとりが笑うと、舌打ちを返す譜久原。すこぶる機嫌がわるい。

「プ、プライベートは関係ありません」

萎縮しながら隆光が言う。

「だったら演技が狂うのは、どうしてだ!」

「それは……」

事情を知らない演出家と、答えられない隆光。ああ、もどかしい。

「いいか、荒木よ」

譜久原が続ける。

「ここはな、実田塚《みたつか》が最後に立った劇場なんだ。知ってるよな？」

「はい」

「生半可な芝居で板の上を汚すんじゃねえ！」決壊したように怒号が飛んだ。「そんなので『ポスト実田塚』になれると思うなよ！」

「実田塚？」

いきなり引き合いに出された名前に違和感をおぼえ、麗旺に尋ねる。

「今のって、実田塚アキラのことですか？」

「まあー」訳知り顔を作って、「そうだろうねえ」

「なんで関係ない人の名前が出るんでしょう」

実田塚アキラは、ドラマなどで活躍するベテラン俳優だ。アクの強い脇役として登場する、「名前と一致しなくても顔を見たらわかる」系の、味のあるバイプレーヤー。そういえば最近めっきりテレビで見ないけど。

「隆光ってね」

麗旺は囁き声で、「若い頃の、実田塚アキラさんに似てるんだ」

「あぁー。言われてみれば面影ありますね」

優しげな丸っこい目と、輪郭の雰囲気が似通っている。昔の写真で比べればもっと近いかもしれない。

「それで隆光、よく『ポスト実田塚』って言われるんだよ」

「ありますよねえ、そういう勝手に比較されるやつ。でも実田塚アキラは実田塚アキラであって、他人が隆光くんと比べるのは正直どうかと……」

――先達を呼び捨てにしない。

脳に直接、諌《いさ》める声が響いた。

――一般人ではあるまいし、同じ業界にいるプロとしての自覚を持ちなさい。

「ああもう、いま言わないで!」

御瓶へのクレームは劇場全体に響いた。

やっぱ……。キャストにスタッフ、全員の注目を集めてしまう。

「いま言うなとは、何だ?」

振り返った譜久原が睨む。広がった白髪はライオンの鬣《たてがみ》のようで、碧唯は縮みあがる。最悪の空気だ。背中にとり憑いている幽霊マネージャーのせいだなんて、説明できるわけもない。

「さーせんでした、生意気に口を挟んじゃって！」

いきなり麗旺が立ち上がる。

「いまは実田塚さんがどうこうより、稽古したほうがいいんじゃないかなーと思いまして」

「ちょっと麗旺さん！」

言い訳なんかして、火に油を注いだら大変だ。

「確かに、時間がもったいねえ」

譜久原は矛を収める。よかった、注がれなかった。

「待て」

ところが譜久原は、「おまえ……」と麗旺を見たまま考え込む。

落ち窪んだ眼窩《がんか》は老いを感じさせるも、ぎょろぎょろと動く眼球には生命力が漲っている。狐珀もそうだが、おしなべて演出家は目力がすごい。

「荒木はクビだ」

譜久原が言った。

ステージの俳優たちに緊張が走ったのが、碧唯にもわかった。だけど声を上げる者はいない。

「役を降ろす。それでおまえ、ちょっとやってみろ」

麗旺に対して、演出家があごでステージを指した。

「俺ですか?」

「今のシーン。荒木の代わりに芝居やってみろ」

まったく何を言い出すかと思えば。

碧唯は麗旺に座るよう促しながら、「あの、私たちは違うんです」と釈明する。

「今日はですね、見学でお邪魔しておりまして……」

「いいっすよ」

隣から軽快な返事が聞こえる。「代役やりまーす」

「れ、麗旺さん。何言ってるんですか?」

「ごめんね通るよ~」

長い足を上げて碧唯の両膝をまたいだ麗旺は、そのままステージへと向かう。

「麗旺……」

隆光が声をかけても、彼は目もくれない。

「皆さんよろしくお願いしまーす」

手首足首を伸ばしながら俳優たちに笑顔を振りまく麗旺を横目に、隆光は唇を嚙んだまま、そっと舞台から客席へと降りた。

心臓がバクバクして、おでこに汗が噴き出る。一瞬の出来事で状況に追いつけない。

稽古中に、出演者が変わってしまうなんて……。

「じゃあ再開だ。おまえが出てくるところから」

「はーい」

麗旺は余裕をみせている。

どうするつもりだろうか。稽古をしていないどころか、麗旺は台本すら持っていないのに。

「よし、はじめ！」

譜久原の号令で、一斉にキャストが躍動する。

「嘘、なんで……？」

息の合ったセリフのやり取り、相手役と連携の取れた動き。麗旺は物語のなかに溶け込んだ。まるで最初から座組を一つにして、稽古を重ねたようなシンフォニーが奏でられる。

お芝居は続いた。止められることなく、隆光のときよりスムーズに進行する。

「そこまで」

ご機嫌な声色で、譜久原は「わるくねえな」と評した。

碧唯のなかで胸騒ぎが大きくなる。これはよくない方向に進んでいる。

「おまえ名前は？」

「楠麗旺です」

「よし交代。本番おまえ出ろ」

わるい予感は的中する。スタッフたちがステージに集まり、麗旺に群がった。台本を渡されて、慌ただしく説明を受けはじめる。

「ひどい……」

つい漏らしてしまう。「友だちの役を奪うだなんて」

目の前でキャスト交代が行われても、碧唯には成す術がなかった。

こうなったら譜久原に直談判してやる。碧唯が席を立って演出家に近寄ろうとすると、

——やめておきなさい。

御瓶からの制止がかかった。

「どうしてですか？」

——きみが口を出す道理はありません。

「でも、こんなのって理不尽すぎます！」

碧唯が背後霊に抗議していると、

「仕方ないですよ」

そばに隆光が立っていた。肩を落としたまま、通路を挟んで隣の席に腰を下ろす。

しぶしぶ碧唯も座り直した。ステージ上では、麗旺を含めた俳優たちが次の段取りを

確認し合う。和やかな雰囲気さえ漂っており、碧唯は、隆光の顔を覗けなかった。

「天狗《てんぐ》になってたんです」

ステージを眺めたまま、ぽつりと隆光が言う。

「この世界に飛び込んで、すぐ『ポスト実田塚』だなんて、褒めそやされたから……」

「それは周りが勝手に言っただけでしょ？」

「光栄でしたよ。だけど実田塚さんに近づけないどころか、集中して舞台にも立てない。役を降ろされて当然です」

また俯いてしまう。悔しさを噛み殺しているのがわかった。

麗旺は平気な顔してステージに立っている。隆光を苦しめた謎の視線や、化け物のような顔は、現れていないのだろうか。

「嘘だ……」

見ると、隆光が震えている。

座席の背もたれまで小刻みに揺れるほど。

「隆光くん、どうしたの？」

「嘘だろ……なんで……？」

助けを求めるように碧唯のほうを向く。どうしようもなく追い詰められた表情。

「どこか、具合でも……」

「見られています」

「えっ？」

「後ろから、誰かが見ている！」

　驚いた碧唯は背後を振り返る。これより後ろに客席はなく、劇場の壁が曲線を描くだけ。

「ステージを降りたのに、なんでだよ！」

　隆光がわめき立てる。

「落ち着いて、誰もいないから！」

　宥《なだ》めながら碧唯はぐるりと見渡した。

　ステージ上の俳優たち、異変なし。こちらを見ることなく、演技に集中している。

　演出家とスタッフたち、変わらず。ステージのほうを向いた後頭部が並んでいる。

　劇場内には、隆光に視線を送る人間はいなかった。

「見るな……僕を見るな……」

　みるみるうちに涙ぐむ隆光。

「安心して、誰も隆光くんを見ていない」

　そうなのだ。姿もなく、気配もなく、接触もない。

　危険な状況ではない——はずだった。

「なんでだよっ！」

だけど彼は一目散に駆け出した。碧唯が引き留める間もなく、ぐるりと壁沿いに客席を下りて、前方の扉から出ていった。一瞥《いちべつ》をくれた譜久原が「根性無しめ」と吐き捨てる。

ステージでは、ひときわ眩しいライトを浴びる麗旺の姿があった。


「わるいな、隆光」

麗旺は「これが勝負の世界なんだ」と悪びれる様子もない。

時刻は二十二時を過ぎたところ。碧唯と狐珀は劇場退館時間まで待って、楽屋に籠っていた隆光を捕まえた。外はまたいつ降り出してもおかしくない曇り空。何食わぬ顔で麗旺もついてきて、付近のファミレスに入店する。奇しくも「ステーキ御膳サラダセット自腹事件」のチェーン店で、食欲が失《う》せた碧唯はドリンクのみ注文した。

「隙を見せたら終わり」麗旺の講釈は続く。「芸能界は食うか食われるかの……」

「一発殴っていいよ」

遮るように碧唯が言った。声量を間違えて、隣テーブルの会話をとめてしまう。

「信じられない。麗旺さん、何考えてるの？」

いつキレてもおかしくないのを自覚しながら、踏み留まるために碧唯はお手拭きを握りしめる。

「仕方ないじゃん。演出家のご指名なんだから」

「だからって」

「俺から『代役やりたい』だなんて言ったか？」

尋ねられた隆光は、ぎゅっと唇を噛んで俯いた。言い返すつもりはないらしい。

「納得いきません。隆光くんに役を返して！」

代わりに碧唯が抗議する。「私たちの目的は、隆光くんを助けることでしょう。集中して舞台に立ってもらうために、狐珀さんに怪異の調査をお願いしたんですよね？」

「そうだよ」

「だったらおかしい。最初から、役を奪う気だったんでしょ！」

碧唯は目の前の「容疑者」に自供を迫った。

「そんなわけないじゃん」

「変だと思ったの。いきなり指名されたくせに、セリフが言えたり、相手役に合わせて動けたり。あなたは公演関係者と裏で通じて、事前に台本をもらっていたに違いない。しっかり読み込んで演技プランも用意した上で、隆光くんの役を奪うことに成功した

……そうですよね!?」

きまった。ここに来るまでに推理を考えていたのだ。

だけど麗旺は「あはは、碧唯ちゃん面白いね～」と、一笑に付した。

「ごまかさないで。稽古もしていない、台本も読んでない、それなのに芝居ができた理由は？」

「碧唯ちゃんも見学してたじゃん」

「え？」

「だから、あのシーンの稽古。俺たちは客席でステージの芝居を観ていた」

「観ていたって……一回でしょ？」

その言葉を受けて、麗旺の表情が変わる。

「プロを舐めないで」

瞬時に切り替わった鋭い眼差しに、碧唯の身が竦む。

「セリフと動きを覚えるなら一回で十分。それくらいじゃないと、やっていけないよ」

碧唯は思い返す。駄目だ。観ていたつもりだけど、うろ覚えだった。

「なんてね」

ふわりと麗旺が険しさを崩して、「子役の頃はもっと大変でさ、早朝ロケで五分前に書き上がった台本を渡されて『リテイク出したらぶっ飛ばす』って監督に脅されて育ったから、記憶力が超いいのよ」

「……私が甘かったです」

いい気になって詰め寄った自分が恥ずかしい。

「まあ、あんなのは虚仮威《こけおど》し。役の感情も作れてないし、酷いもんですよね師匠？」

急にふられた狐珀は、そっとコーヒーカップを置いて、

「客に見せられるものでは、ないな」

と、辛辣な同意をくだす。

「でも、演出家は褒めてましたよ？」

「そりゃあね。あの人の好みに合わせた演技をしたから」

「そんなこともできるんですか……」

「古いんだよなあ譜久原さん。演出のときも怒ってばかりだけど、求めるものはわかりやすい」

唖然《あぜん》とする碧唯。経験の差は段違いだ。

「ま、ここからっすよ。今夜一晩で仕上げるから、観客の胸を打つような芝居に」

麗旺が鞄から台本をチラリと見せると、隆光はさらに俯いた。

「隆光も、よかったじゃん。もう怖い思いしなくて済むんだから」

「それが……そうでもないんですよ」

碧唯が横目で、隆光を指し示した。

「えっ、俺は何も感じなかったぞ？」

「視線は、依然として残っているな」

狐珀が確かめると、隆光は小さく頷いて、

「舞台を降りて客席に行っても変わりません。楽屋に引っ込むまで、ずっと誰かに見られていました」

「本当か？」

麗旺は疑うように、「演技中にチェックしたけど、舞台袖も、天井も、バケモンなんてどこにも……」

「えっと、それは僕も同じ」

隆光は慌てて答える。

「舞台袖の顔と、照明の顔。両方とも今日は現れなかった」

「待ってくれ、話が読めないって」

匙《さじ》を投げかけた麗旺に、

「処置は施した」

と、狐珀が呟いた。

「そういえば狐珀さん」碧唯は思い出す。「稽古前に客席から抜けましたよね。その時に？」

隆光が劇場内から出たのと入れ替わりで、しれっと彼は戻ってきた。

「なーんだ師匠。ひとりで除霊しちゃったんですか？」

「でも浄演しないで、どうやって……」

「浄演に、及ぶまでもない」

狐珀はポケットから、小ぶりのチャック付きポリ袋を取り出した。

「これって、お塩？」

テーブルに置かれたその袋を、まじまじと碧唯は見る。

「舞台裏に、盛り塩」

「そんなので治まったんですか？」

拍子抜けだ。一般家庭の風習レベルじゃないか。

「端霊《はれい》ゆえ、他愛ない」

狐珀が言うと、

「きゃあ……！」

通路側から悲鳴があがった。

足を止めた店員がわなわなと震えている。目線はテーブルに釘付けだ。

「ちっ、違います違います、ただの塩なんです！」

碧唯が弁解するも、店員はステーキプレートを置いて足早に去っていく。完璧に誤解された。

首を傾げる狐珀は、事態が飲み込めていないようだ。

「何か？」

「は、早く仕舞ってください！」

狐珀の出で立ちも相まって、やばいブツにしか見えない。警察に通報されなければいいのだけど……。

「師匠、やっぱりお祓いできるんじゃないですか～」

能天気に声を弾ませて、麗旺がナイフで牛肉を切りはじめた。食事を注文したのは麗旺だけだ。ジューシーな匂いが漂って、腹立たしさに拍車がかかる。

「この程度は除霊と称さない。所詮は、無作為に寄ってきた端霊」

「端霊って何ですか？」

碧唯の問いに、狐珀は「想いを持たぬ、か弱き霊魂」と解説を加える。

「劇場は霊を呼び寄せやすい。強大な想いに惹かれ、付近を彷徨う死者が引き寄せられた」

「んんん、なんか難しい……！」

「芝居の端役みたいなものか。強い霊が、弱い霊をバーターとして連れてきちゃったわけだ」

すぐに麗旺が要約した。弟子を名乗るだけはある。

「つまり、無関係な幽霊まで入ってきてたんですね」

「その理解で、おおむね正しい」

「あっ、目の前の交差点」劇場に来たときを思い出す。「交通事故に注意って、看板ありました。原因それなのかも」

事故多発現場には、いくつもの霊が漂っていてもおかしくない。

「だが時が経てば、端霊とて侮れない」

狐珀の声が湿った。ひやりと、碧唯の肌に冷気があたる。

「放っておけば膨れ上がり、厄災を振りまく邪へと変容する。想いを持たぬゆえ、浄化すらも叶わぬ」

「うわあ、端役から主演にのし上がっちゃうのかよ」

いちいちうまいこと言おうとする麗旺に構わず、

「それじゃあ……もし狐珀さんがお清めしなかったら？」

恐る恐る尋ねると、狐珀は断言した。

「幕が上がることはなかった」

ごくり、と喉を鳴らす碧唯。さすがの麗旺も押し黙る。

ほかの霊を呼び寄せるほどに危険な、強い想いをともなう視線の正体とは……。きっと積年の恨みが募った悪霊に違いない。

「ところで、貴君」

「え。は、はい」

狐珀に見据えられた隆光は、テーブルを挟んで背筋を伸ばす。狐珀を前にすると、人はみな畏怖をおぼえるらしい。

「芝居に、癖が染みついているな」

その言葉に、隆光の身体は強張った。

「先達の、真似事に映る」

狐珀のダメ出しを受けて、

「……似てますよね、実田塚アキラの演技に」

と、頬を赤らめる隆光。

「影響は受けています。ポスト実田塚って呼ばれて、いくつも出演作を見ましたから」

まるで万引きを白状したような、後ろめたさが言葉に含まれている。

思わず碧唯は「わかるよ！」と顔を寄せて、

「私も、憧れの女優がいて演技を研究してる。どうしても似ちゃうよね。わるいことじゃないと思う」

「演技とは――」

狐珀が言った。

「個々人の身体を用いる。同じ人間がまたといない以上、演技の継承など不可能だ」

時おり顔を出す、演出家らしい顔つき。

「意識しすぎなんだよ」麗旺が口を挟む。「いくら似てたって、実田塚さんのどっしりした芝居がおまえにできるとは思えない」

「あ、赤の他人の話はやめましょう！」

隆光は打ち切った。いつになく強い語調に、麗旺は面食らったのか、気まずい沈黙がおとずれる。碧唯のメロンソーダは空だったが、おかわりに立つ空気でもない。

「霊なんて、いないんじゃない？」

麗旺が話をまとめるかのように、「誰かの視線なんて気のせいだよ」

「いや、僕は確かに……」

「俺は何も感じなかった」

突っぱねる麗旺。

「今日の稽古は酷いもんだったよ。おまえ、客席のほうを全然見なかっただろ」

「それは、だから視線で気が散って」

「おまえは見られることから逃げている。役者って生き物は、どれだけ役になりきっても、心のどこかで『いま俺の芝居は成立しているか？』って不安が拭えない。下手くそな演技のせいで客が退屈しないか、怖くて仕方がない。そんなの当たり前だ。見られるのが俺たちの仕事だからな」

麗旺は一息でまくし立てた。どこか、怒っているようにもみえる。

「譜久原さんにも言われたよ。そんなことわかってる！」

隆光の胸にも火がついたようで、両者の間に火花が散る。

「いいや、わかってないね。芝居は観客と一緒に作るものだ。稽古の段階から、客席にお客さんがいる光景をイメージして、何百人もの視線を浴びていると思いながら芝居するべきなんだ。それを、たかがひとりの視線にビビりやがって。幽霊の仕業じゃなくて、単なる被害妄想だろ」

「言い過ぎだって」

碧唯が止めに入るが、麗旺は取り合わず、

「まあ、今さら何を言っても遅いけどな。今回は俺に任せて、明日は客席で休んでていいぞ」

バン！

テーブルが叩かれる。

「……お先に、失礼します」

誰に言うでもなく、隆光は席を立った。

「おう。お疲れーっ！」

麗旺が手を振ったが、隆光はそのまま店を出ていく。

ふぅーと碧唯は息を吐いた。摑み合いがはじまるかと思った。

「ねえ、なんで喧嘩《けんか》を売るような真似するの」

めいっぱい麗旺を睨みつける。この人にはイライラさせられっぱなしだ。

「喧嘩なんて売ってないだろ、子どもじゃないんだから」

「いいえ、子どもです。友だちの仕事を横取りして、酷いことばっかり言って。ほんと見損なった」

「あーあ、嫌われたみたい」

おどけた調子で言われたが、碧唯は無視して、

「隆光くんをつけ狙う視線について、ちゃんと考えましょう。麗旺さんだって明日は襲われるかもしれないんですよ？」

率先して霊と向き合おうとする発言をしながら、心境の変化を感じざるを得ない碧唯だった。隆光のことは放っておけないし、少しずつ恐怖心を克服できているのかもしれない。

「気のせいだと思うけどなあ」

そう言いつつも麗旺は、碧唯の気迫に押されたのか、「今まで劇場で同じような被害

はあったの？」と議論を再開する。

「スタッフに訊いてまわったけど、皆さんにキョトンとされました」

碧唯は休憩時間を狙って聞き込みを行うも、劇場専属スタッフたちは口を揃えて「そんな怪談噺《かいだんばなし》は聞いたこともない」との返答だった。

「建物のなかを歩いても、いやな気配すら感じなくて……いったいどこにいるのか」

手がかりが少なすぎる。被害に遭ったのは隆光だけで、怪異の目撃情報もない。

「隆光くんが狙われる理由って何でしょう。彼のことが気にくわない、とか？」

碧唯は言いながら、頭に閃《ひらめ》きが走った。

「あーっ、わかった！」

「いちいち声が大きいなあ、碧唯ちゃん」

「隆光くんって、ポスト実田塚って言われてるじゃないですか。視線の正体……きっと、実田塚アキラの霊なんですよ！」

若くして後継者と見做された隆光に対して、大先輩の幽霊が「俺の演技を若造がパクりおって！」とお怒りなのだ。

「ご存命だよ」

「はい？」

「実田塚さんは生きてるから」

「……失礼しました」

碧唯の推論はすぐに崩れさる。悔しいやら、いたたまれないやら。

――だから、ちゃんと勉強しなさいと言っているんです。

追い打ちをかけるように小言が降ってくる。

――実田塚アキラ氏は三年前に俳優を引退し、今はセカンドキャリアを楽しんでおられます。釣りにキャンプに、土地を買って農場経営と、趣味に明け暮れる様子をブログで発信するほどご健勝です。

「なんで御瓶さん、そんなに詳しいんですか」

――芸能従事者として当然です。引退公演も観に行きましたよ。まさに会場が想創ホールでしたから、今日は思い出して胸が熱くなりました。

「ああ、譜久原さんも言ってましたね。ここは実田塚が立った舞台なんだって」

――ですから呼び捨てにしない。主演の実田塚さんの演技は素晴らしく、千秋楽なんてもう涙が枯れるほどに……。

「めっちゃファンじゃないですか。っていうか、出てこないでください！」

――この面子《メンツ》であれば構わないでしょう。

ひょいと背中から離れた御瓶は、隆光が座っていた席で堂々と足を組む。幽霊のくせに。

「私がしゃべりづらいんですって〜」

　碧唯がムキになると、御瓶はうすら笑いを浮かべて消えた。弄ばれている。

　そんな碧唯を、菩薩《ぼさつ》のような顔つきで見守っていた麗旺に気づく。ひとりで空回りして恥ずかしい。

「あ、あと考えられるのは、何かありますかっ？」

　誤魔化すように促した。狐珀の顔つきは変わらない。ただ深く、思案に耽るような佇まい。

「結論は出た」

　麗旺が自信満々に言いきる。「すべては劇場のかたちが原因だ」

「客席がステージを囲んでるせい、ですか？」

「オープンステージって圧迫感が半端ないんだよ。ステージに立てば見渡す限り、ぐわあっと客席があるわけだから。隆光は『どこから見られているのかわからない』って言ってただろ。あの広い客席の波に飲まれている証拠だよ」

「うーん、そんなもんですかねえ……」

　実感が湧かないので何とも言えない。隙を狙ってステージに立たせてもらえばよかった。

「でも隆光くん、はっきりと『誰かの視線を感じる』と言ったじゃないですか。客席を前にしたプレッシャーとは違う気もするんですが……」

「だからさあ」麗旺は呆れるように、「あいつは観客席から目を背けた。ありもしない視線を自分で作り出してるんだよ」

主張が繰り返される。これでは堂々巡りだ。

「お客様、申し訳ございません」

先ほどの店員が怯えながら、「ラ、ラストオーダーのお時間です」

時間が経ってしまった。ここは都外だから、そろそろ終電も怪しい。

「ああ」麗旺が伝票を手に取り、「お会計お願いしますわ」

「申し訳ございません、レジにて」

「はいはーい」

席を立った麗旺に、

「割り勘ね。奢《おご》られる理由ないんで！」

碧唯は言うが、ひらひらと手を振って受け流される。

「ったく。自分から狐珀さんに依頼したくせに、何考えてるんだか」

そう愚痴る碧唯に対して、狐珀は「妙だ」と返した。

「一つ、依頼人は嘘をついた」

「隆光くんが？　どこか引っかかりました？」

「咄嗟の演技にこそ、嘘が滲む。隠しごとは、はたして――」

「まさか隆光くんを疑っているんですか。誰かが見ているのは、嘘だって」

「誰しも、伏せたいことはある」

隆光は不都合なことを隠したと、狐珀は疑っているらしい。

何だろう。彼との会話を振り返ってみても、ピンとこなかった。

険悪なムードが漂ったままの三人がファミレスを出る。雨は本降りになっていた。誰も傘を持っていない。

麗旺はビデオテープの入った紙袋を大事そうに抱えつつ、通りかかったタクシーに手を挙げる。

「じゃ、明日に備えて俺はこれで」

と、後部座席に乗り込んだ。もう台本を取り出している。

「もし明日、霊が出たら頼みますよ師匠。俺も浄演には協力するんで！」

タクシーは遠ざかっていった。都内までタクシーかよ。

音もなく、寂しい景色が広がる。夜はさらに人気がなくなるようだ。晴れていれば満天の星が見えそうなのに、分厚い雨雲がどんよりと空一面を覆っている。

狐珀が踵を返して歩きだした。なぜだか劇場方面に逆戻り。

「どこ行くんですか。駅はあっち……」

ついていくと、狐珀は劇場敷地前の交差点で足をとめ、ガードレール脇にしゃがみこんだ。燕尾服のスパンコールが雨に濡れて、幻想的な光を宿す。

「冷たい……風邪ひきますよ？」

反応は返ってこない。

「狐珀さんって、説明がないですよね。もっと考えていることを話してください」

言ってみたけど聞き捨てられる。狐珀は頭のなかで、確信が得られるまで語らないタイプなのか、あまりに言葉数が少ない。信用してよいのだろうかと、悩ましくなる。

丸まった背中ごしに碧唯が覗き込むと、花が供えられていた。ガードレールの支柱の隅に括《くく》りつけられた、その小ぶりの花束は色褪せて、とっくに枯れてしまったよう。

猛スピードで自動車が対向車線を走り抜ける。赤信号に切り替わる直前なのに、またしても乱暴な速度だった。

「このお花、交通事故でしょうか」

やはり死者が出ているらしい。盛り塩で祓われた、名も知らぬ霊たちのことを不憫《ふびん》に思う。彼らにも生活があり、人生があったのに、その想いを推し量ることはできない。

「見たまえ」

くたびれた茶色い献花の茎を、狐珀は指でずらす。ガードレールに小さな紙切れが貼られている。

「何ですかね、これ」

支柱の付け根に巻かれた、真っ白い横長の紙片。うっすらと縦に一本、切り取り線が入っている。

「ダメだ、全然読めない」

スマホのライトをかざしてみるも、文字の跡は見て取れるが、印字が失われて判読できない。長らく雨風に晒されたのだろう。

狐珀が立ち上がる。視線の先には、明かりを落とした劇場のシルエット。白く霞むなかに浮かぶ建物を、じっと狐珀は見つめている。

*

翌日も想創ホールに集まった。

稽古がはじまる前を狙って、碧唯たちはスタッフ控室に押しかける。

「ステージを貸してくれだあ？」

革張りのソファーでくつろぎながら缶コーヒーを飲む譜久原に、浄演の交渉を行う。

「稽古前の三十分、いえ二十分でいいんです。師しょ……胡桃沢さんと一緒にエチュードをやりたくて」

麗旺が、狐珀を舞台演出家として紹介する。その傍らには隆光もいた。自分が依頼したことだからと、同行を願ったのだ。

浄演について、狐珀から説明がなされる。最初こそ「真っ黒で陰気臭せえなあ？」「声の小せえ演出家だなあ？」「なんだその燕尾服は？」「スパンコールって大道芸人か？」「つまりこれは宗教勧誘か？」などと訝しげな態度を崩さない譜久原だったが、浄演の進め方やルールなどを話すにつれ、

「浄演って宗教の儀式か？」

「実に面白い！」

と、前のめりになった。

「暗闇の即興劇とは……実験的だな！」

底意地のわるい笑みを浮かべて、麗旺と隆光を見比べる。

「エチュードで実力をみせて、俺に審査させるってわけだ。どちらを正式にキャスティングするか」

「あ、いや……まあ、そうっすね」

妙な勘違いを、麗旺はそのまま放置する。確かにステージの使用許可を取るほうが先決だ。

「見学者は貴兄、一名としたい」

狐珀は臆せず大御所演出家に要求する。「気が散るので」

「わかったよ、ほかのスタッフ連中は入れさせねえ」

狐珀を覗き込む譜久原。この黒装束の男に関心を寄せたようだ。

「隆光、これが最後のチャンスだな」

麗旺が挑発するように、「譜久原さんを失望させるなよ？」

「ああ」

けしかけられた隆光だが、今日は俯かない。

「譜久原さん、今日までご迷惑をおかけしました。俳優人生を懸けてやらせていただきます」

顔つきが大人びる。彼なりに、一晩考えた決心が垣間見えた。

「よく言ったぞ荒木」譜久原は満足げに、「おい楠。手ぇ抜くなよ？」

「当然です。容赦しません」

「あの、何だか話が……」

大変なことになってきた。霊を浄化するための浄演に、隆光の進退がかかってしまう。

「隆光くん、頑張ろうね！」

こうなったらやるしかない。碧唯は腹の底から声を出し、自らをも奮い立たせる。

「おいおい、俺も共演者だって」

麗旺は隆光と肩を組んで、「みんなでいい芝居を作ろうぜ？」

「どの口が……っ！」

言い返しかけた碧唯だが、隆光は肩から腕を外して、麗旺と握手を交わす。

碧唯も思うところはあったが飲み込んだ。場外乱闘はやめておこう。今から舞台上で言葉を交わし合うのだから。

それにしても、三人の仲は良好とはいえない。こんなチームで即興劇が作れるのだろうか。

「場面は――家族会議」

控室を出て裏からステージに向かうなかで、狐珀から物語の設定が告げられる。

「それだけですか？」

「自由に膨らませて構わない」

細かい設定は付けられなかった。家族会議。いろんなパターンが考えられる。

「次に、登場人物だが」

狐珀はシルバーリングを渡しながら役をふっていく。

麗旺を指して、「頑固な父親」

隆光を指して、「将来に迷う息子」

碧唯を指して、「その間を取り持つ母親」

「母親役⁉」

さすがに面食らう。「まだ私、二十二歳ですよ！」それが

「大丈夫でしょ」麗旺が呑気《のんき》な声で、「おっさんが赤ちゃんを演じたっていい。それが演劇なんだから」

さりげなく深いことを言う。なるほどその通りだ。舞台の上で役を演じたら、俳優はどんな者にだってなれる。

碧唯は頭のなかで、お母さん像を膨らませた。すぐに浮かんだのは自分の母親、志佐美登里《みどり》。いちばん近い存在なので参考にしやすい。

「……って、うわ！」

舞台袖を過ぎると天井が開けた。

「でっかいなあー」

客席で観るよりも劇場内は大きく、ステージもまた広い。

パノラマのようにステージ前方を囲んで聳《そび》え立つ客席は、思った以上に圧迫感がある。

誰も座っていないのにプレッシャーが半端ない。

いや、この程度で怖気《おじけ》づいてどうする。客席は関係ない。しっかり演技に集中しよう。

狐珀と譜久原は、舞台を降りて客席の中腹へと入っていく。ステージに残ったのは隆光と麗旺、そして碧唯の三人だけ。

「その一、相手の役を否定しない……」

隆光が教えられたルールを繰り返し、暗唱する。

「その二、物語を破綻させる発言はしない……その三、勝手に舞台から降りない……」

緊張が見て取れる。当然だ。行うのは単なる即興劇じゃない。自分を苦しめてきた視線の相手が、姿を現すかもしれない浄演なのだ。

碧唯も気を引き締める。またペナルティを食らうわけにはいかない。最後までやりきって、霊の浄化を図る必要がある。

「狐珀さーん」

碧唯は客席に声を飛ばす。「本当に、その人は現れるんでしょうかー？」

不安が拭えない。霊の正体は誰なのか、どこにいるのか、なぜ隆光だけに視線を送るのか……結局のところ何もわかっていないのだ。行き当たりばったりの浄演は、無謀に思える。

「これまでの経緯を踏まえる、なら」

狐珀の言葉に、三人の俳優は耳をそばだてる。

「荒木隆光氏が舞台に立てば、視線は注がれる。その者が、四人目の共演者。皆で紡いだ物語は、すべてを解き明かすだろう」

「四人でお芝居をしていることを、忘れちゃダメってことですよね？」

碧唯が言うと、狐珀は目を瞑って同意を示す。

そうだ。浄演は、生者と死者が共演する。最初は姿を見せなくても、想いが交われば現れるはず！

「さて」

起き上がるように、狐珀が背を伸ばす。劇場の空気が張り詰めた。屹立《きつりつ》する狐珀の隣には譜久原が座している。ギラついた視線に射貫かれて、足の指がぶるっと震えた。

演出家がふたり。それだけでも緊張するのに、見えざる者の視線に襲われるなんて、気が気じゃない。

ゆらりと狐珀が両手を高く掲げる。碧唯には、立ち昇る黒い炎に見えた。

「想いを掬い、ともに物語ろう——浄演を開幕する」

クラップ。きぃぃぃんという澄んだ金属音。

あの世と、この世を繋ぐ、鈴のような響き。

一斉に落ちる照明。ステージがどこまでも続く深い闇に覆われて、途端に心細くなる。

しっかりしろ、二回も経験したじゃないか。……前回は失敗しちゃったけど。

「隆光ぅ！」

開口一番は麗旺だった。迷いのない、よく通る大音声《だいおんじょう》。

「おまえは家を継げえ！」

碧唯のすぐ隣で、わかりやすく「頑固な父親」を演じはじめた。どっかりと胡坐《あぐら》をかいて、息子に高圧的に迫るさまが目に浮かぶ。

「頭ごなしに、何ですかお父さん」

いったん窘《たしな》める碧唯。ゆったりとした口調を心がけ、場を和らげる母親をアピール。キャラ作りとしてはベタだけど、麗旺の流れに合わせたつもりだ。

「どうして僕が継がなきゃいけないの」

隆光が返す。「父さん。勝手に、ひとの人生を決めないで」

おおっ、それっぽい。反抗的ながらも繊細に揺れる、まさに将来に悩める若者のキャラクター造形。

「つべこべ言うな、親の言うことに従え！」

「もうそんな時代じゃないよ、父さん」

「わからず屋が！」

「どっちがだよ！」

小気味のよい口論によって、物語の空気が作られていく。

ふたりを「まあまあ」と宥めながら、碧唯は頭を半分、役から切り離した。ただエチュードをしても意味がない。視線の主に共演してもらう必要がある。まずは正体を解き明かさなくては！

「もういい、家を出て行け！」

麗旺が啖呵《たんか》を切った。

「わかったよ」隆光の演技にも熱が入る。「僕ひとりで生きていく！」

「おお、おお、さっさと出ていけ馬鹿者が。二度と敷居を跨《また》がせるもんか！」

「落ち着いてお父さん」

碧唯が止めに入った。「少しは話を聞いてあげて」

出て行ったら話が終わるじゃないか。よく考えてセリフを言ってほしい。行き当たりばったりで変な方向に行かないように、注意が必要だ。

「おまえの勝手で店を潰すわけにはいかないんだ」

なおも麗旺は隆光を責める。

「うちは何代も続く、老舗の蕎麦屋なんだぞ！」

「だからよく考えてっ……！」

セリフを言え、と言いかけて碧唯は口をつぐむ。危ない。セリフという言葉はＮＧだろう。

「えーと、よ、よく将来のことを考えなさいね、隆光」

何とか誤魔化した。「どうして蕎麦屋なのよ」「うちは蕎麦屋じゃない」などと撤回することはできない。相手の役を否定できないのが浄演のルールだ。誰かが蕎麦屋と言い出したら、すぐさま蕎麦屋の物語になるのが即興劇というもの。

「そうだ、よく考えろ。おまえには蕎麦屋を継ぐ義務がある」

麗旺が重ねて息子に言った。こんな設定で、先の展開は大丈夫だろうか。

「蕎麦屋には、なりたくない」

隆光が設定を認めた上で拒絶する。よかった、ルールに順応できている。

「それじゃあ」碧唯が母として尋ねる。「隆光は何がやりたいんだい？」

我ながらいいアドリブだ。これなら話を進められる。

「僕は……」

その時だった。

ひっ、と息をのむ音が、暗闇のなかで生まれた。

隆光の言葉を待ってステージは沈黙。耐えかねたのか、「ほら見ろ」と麗旺が繋いだ。

「やりたいこともない半端ものが、偉そうに口答えするんじゃねえ」

「違うわ、お父さん」

含みを持たせた声で、碧唯がメッセージを発信する。麗旺も「何……？」と感づいたようだ。

「ああ……ああ、また……」

発作にも似た震えが、隆光を襲っている。

視線を感じたときの怯え方。やっぱりきた。誰かが隆光に注目をはじめた。

隆光のセリフは出てこない。ステージの上は突然の時間停止に陥る。このままだと、即興劇自体が続けられない。

よし。それならあの作戦でいこう！

事前に用意しておいたプランを、碧唯は決行する。

「重大発表〜！」

立ち上がって叫んだ。わざとステージの床を踏み鳴らし、ドタドタと足音を起こす。

「か、母さん、どうした⁉」

麗旺は呆気に取られたらしい。構わず「重大発表、重大発表〜！」と、母親としてのキャラ崩壊の瀬戸際を攻めながら、暗闇のなかを探り探り、上手の舞台袖の近くまで距離を取った。

「こっちを見て〜〜〜！」

と、客席に向かってわめく。

「な、何なんだよ突然？」

演技ではない、麗旺の動揺が伝わってくる。

「それでは発表します、全員注目！」

碧唯は客席方面に大きく身体を開いて、

「晩御飯……今夜は、すき焼きよ〜〜〜！」

思いきり語尾を伸ばす。息の続く限り、劇場内に声を響かせる。

やがて肺活量は限界を迎え、反動のように静寂が押し寄せた。

「……はあ……はあ、場をね……和ませようと思って……」

「へ、変なことするんじゃないよ」

麗旺が苦笑まじりに返す。隆光は相変わらず、乱れた息を漏らしたまま。彼らの気配を辿って碧唯は定位置に戻る。

これといった変化は感じられない。視線を隆光から逸らすことができなかった。

碧唯の作戦は失敗に終わってしまう。突飛な行動に出ることで、自分に視線を惹きつける目論見《もくろみ》だったが、やはり力業では難しいか……。

「とにかく、父さんは認めないからな」

麗旺が仕切り直した。

「おまえはまだ若い。社会の仕組みを知ることで、多くのことが見えてくる」

くどくどしい勿体《もったい》つけた言い回しで、説教をはじめる。

これは……もしかして時間稼ぎをしてくれている?

碧唯は意図するところを汲み取った。麗旺に「視線の正体を暴け!」と託されたのだ。

どうしよう。一晩考えても無理だったのに、この場で打開策が思いつけるだろうか。

でも迷っている暇はない。

今のうちにやるしかない。

「若いときは視野が狭いもんだ。もっと大きくまわりを見ろ！」

麗旺の言葉を聞きながら、碧唯は周囲に目を向ける。真っ暗闇の奥に光るであろう、二つの目を血眼になって探した。舞台袖はどうだ。両サイドの袖幕に異変はない。ステージの床は。何も浮かんでいない。恐る恐る天井を見上げる。ちっとも景色が変わらない。客席は……ダメだ、目を凝らしたって見当もつかない。狐珀と譜久原の姿さえも暗がりに隠れていた。

「まずは落ち着いて、考えを整理してみなさい」

父親の説教は続いている。息子も黙って受け止めている。

とにかく考えを整理しよう。視線の主が、隆光だけに注目するのはどうしてだろう。奇抜なアクションをとった碧唯や、元人気子役の麗旺には目もくれない。まだ駆け出しで、知名度も低い隆光だけを見るのは、どんな理由があるというのか。

隆光は「どこから見られているのかわからない」と証言した。本当だろうか。昨日ステージに立ったとき、どちらを向いて怯えていたっけ。伏し目がちで、碧唯からは表情がうまく窺えなかったけど……そうだ、隆光は客席のほうを怖れていた。

その霊は客席にいて、あちらこちらと移動している？

三方の客席を動き回っているなら、足音や気配が伝わりそうなのに、今回はそれらを感じとれない。視線を送っていながら気配がしない、なんて、本当に劇場内にいるのだろうか。

「ひとは必ず大人になる。誰しもが、その事実に背を向けてはいけないんだ」

説教はネタ切れなのか抽象的になってきて、もはや何の話だかわからない。

待てよ。背を向けてはいけない……？

隆光は一度だけ、視線に対して背を向けていた。つまり方角は絞られる！

碧唯は思い当たった。隆光が背を向けた、その先にあるものに。

そうか、「あっち」にいるんだ。

そして、「こっち」を見ている。

ということは、本当に見たいのは隆光ではなく、いや、だからこそ隆光だけを見つめる理由にもなり得る。なぜなら隆光は――。

碧唯のなかでピースが繋がっていく。

だけど想像にすぎなかった。この目で確かめなければ確証は得られない。昨日のうちにもっと調べておけばよかった。

どうしよう。こんなとき、身体が二つあればいいのに……！

今すぐステージを抜けて現地に行きたいけど、碧唯は動けない。舞台を途中で降りるのはルール違反だ。またペナルティを食らってしまう。御瓶にとり憑かれたみたいに、酷い目には遭いたく……あっ。

御瓶さんだ。御瓶さんがいるじゃないか！

――ご用命ですか？

背後から声がする。

――まったく、都合のいいときばかり呼び出して。

スーツ姿で眉をひそめる背後霊に、碧唯は期待を膨らませる。お願いです。力を貸してください。心のなかでそう念じると、

――仕方ありませんね。舞台裏のサポートが必要なら、遠慮なく言ってください。

力強く、頼もしい返答。いいんですか。ありがとうございます！

――タレントが滞りなく、本番に臨めるように動くのがマネージャーですから。

調べてほしいことがあるんです。碧唯は急いで伝える。

――なるほど。あの場所に、その方もいるんですね？

はい、私の想像が正しければ。

――任せなさい、わたしが連れてきましょう。

ふうっと背中が軽くなる。シャツ一枚脱いだような、かすかな身軽さは、御瓶が離れたことを意識させる。

「母さん、母さん！」

「え、あっ、私!?」

「ほかに誰がいるんだよ」麗旺がため息交じりに、「母さんからも言ってきかせてくれ」

「ええと、そうだねえ……」

いけない。説教タイムは終わっていたようだ。

「お母さんは、あんたのやりたいように生きてほしいけどねえ」

「しかしなあ。こいつ、やりたいことがないんだよ」

「お父さんが凄むからでしょう。ねえ隆光?」

「僕は……」

震えを抑え込むように、声を振り絞った。

大丈夫だ、まだ隆光の心は折れていない。

「お父さんがそんなんじゃあ本音も言えないわ。まずは、隆光の気持ちを聞きませんか?」

碧唯は脇役にまわって隆光にフォーカスを当てた。

彼が主役だと位置づけて、もっともっと視線を惹きつける。霊に姿を現してもらうには、隆光の見せ場が必要だと思った。

「本当は、夢があるんでしょう?」

狐珀を信じて碧唯は問いかけた。

過去二回の経験から知っている。浄演とは、現実から切り離されたものではない。演じる人間の考えや、心のうちから出てきた言葉が、ドラマを推し進める。

「隆光、あんたの気持ちをお母さんは知りたい」

必要なのは、本心によって探し当てられた言葉。すなわち即興のセリフ。

「わかった。話すよ」

空気が引き締まる。

「母さん、父さん。僕は——俳優になりたい」

呼応するように輝きが湧き出した。

劇場はまばゆく照らし出され、碧唯たち三人が互いに姿を確かめ合う。ステージも客席も、劇場が光の輪郭をまとって煌めきはじめる。

輝きは収斂《しゅうれん》して、客席のほうに白い人影が生まれた。

最前列センターに形づくられる、人間のシルエット。

女性が座っている。四十歳くらいだろうか、伸ばした背筋がとても麗しい。上品な色合いのセーターに小花柄のロングスカート。ふわっとした茶色の髪が柔らかい雰囲気をたたえている。

だけど、目だけは違う。

こぼれそうなほどに飛び出した眼球は、真っ赤に血走ったまま一点を見入る。辿った先には、ステージに正座する隆光。彼女は隆光をじっと見つめている。

——連れて参りましたよ。

御瓶が背中に帰還する。ほのかな肩の重みに落ち着きを感じて、慣れというのは恐ろしいと思った。

——志佐くんの推論通りです。交差点のガードレール脇に立っておられました。劇場のほう、このステージを向いてね。

やっぱりそうだった。

どこから見られているかわからない、気配が感じられない、そんなの当然じゃないか。最初から劇場内にいなかったのだから。遥か後方、劇場の外、建物を出たもっと先。交通事故現場と思しき交差点から、彼女はステージに立つ隆光を見ていたのだ。

——ガードレールの支柱に貼られた紙片、あれはやはり舞台のチケットです。それも半券が切り取られずに残ったまま。

報告を受けて、碧唯は彼女を見やる。

膝の上に添える両手に握られたのは、一枚の未使用チケット。

——雨曝《あまざら》しで文字が消えても見覚えがありました。わたしが生前に観劇したのだから間違いありません。三年前の、「実田塚アキラ引退公演」の前売り券です。

碧唯の見立ては正解だった。

彼女はファンで間違いない。

ただし荒木隆光ではなく、実田塚アキラの。

実田塚アキラの引退公演を前にして、亡くなった彼女はいま、実田塚を見るように隆光を見ている。「ポスト実田塚」と呼ばれる、若手俳優の演技を。

麗旺も、隆光も、固まった表情で彼女を観察していた。

ここから、どう巻き込めばいいのだろう。観客と即興劇なんて想像もつかない。ステージと客席の隔たりをこえて、セリフを交わすことは不可能じゃないか。

「ったく、役者になりてえだあ？」

麗旺が再び口火を切る。「あんまり素っ頓狂なもんで、閉口しちまったよ」

「本気だよ。本気で俳優を目指している」

隆光の言葉に芯が芽生えたのを、碧唯は感じとる。

彼女の姿が見えたことで、恐怖心が薄まったのかもしれない。

「馬鹿言うな。食えるわけがない、野垂れ死にてえのか」

「そんなのやってみなきゃわからないよ」

彼女を差し置いて、芝居が再開される。

碧唯は麗旺を窺った。自信満々のアイコンタクトが返される。このまま続けて大丈夫、ということらしい。

芝居は観客と一緒に作るもの——麗旺の言葉を思い出す。セリフを話さなくてもお客さんは共演者のひとり。このまま真剣に演じれば、四人でお芝居をしていることになる。客席にいる彼女と想いを交えることになる。

よし、浄演を続けよう。

彼女の視線に宿った想いを、物語のなかで浄化するにはどうすればいいか。隆光を実田塚のように見ているなら、彼女の視線に背を向けたり、逃げたりしても解決にならない。「荒木隆光は実田塚アキラではない」と伝える必要がある。

変わるべきは彼女ではなく、隆光自身だ。

荒木隆光は、実田塚アキラとは違う人間。それを演技で彼女に見せつけてもらう！

「どうして役者さんになりたいんだい？」

碧唯が尋ねると、

「それは、決まってる……有名人になれるし、お金も稼げるだろ！」

隆光は感情的になった。とってつけたような薄っぺらいセリフに、違和感をおぼえる。

「嘘をつくなっ！」

麗旺も同じく感づいたようで、「見え透いた嘘で親を誤魔化すんじゃねえ」と叱った。

なぜ本心を隠したのだろうか。言えない理由があるというのか。

昨夜のファミレスで狐珀は言った。依頼人は一つ嘘をついている、と。

会話の内容を思い出せ。「咄嗟の演技にこそ、嘘が滲む」という狐珀の言葉に従って、隆光の態度に、変な様子はなかったかを考える。

「親に嘘をつくんなら、絶縁だ」

またしても極論を振りかざす麗旺を、「まあまあお父さん」と抑えながら記憶を辿る。

「金輪際、おまえのことは他人だと思うからな」

「もう、ケンカ腰は本当にやめてって……え？」

麗旺のセリフに引っかかりをおぼえる。

あのときだ。「赤の他人の話はやめましょう」と会話を打ち切った隆光は、今みたいに感情が昂っていた。本心ではなく、咄嗟に作られた嘘の演技だったなら、隆光と実田塚は他人ではないのかもしれない。

目の前で繰り広げられるフィクションに、リアルが重なっていく。

まさか隆光は、実田塚の息子……？

碧唯は首を振った。親子関係を隠す理由がわからないし、名字だって違うじゃないか。あ、いやそれは芸名という線もあるのか……だけど、わざわざ名字を変えたとすれば、隆光に考えがあってのことだろう。これが最後の鍵になりそうだ。

「絶縁でも、いいよ」

隆光が諦めるように言った。

「どうせ父さんにはわからない」

「ああ、俺にはわからんな」と麗旺。「役者なんぞを目指すおまえの心理なんか」

ここから和解に持って行きたいが、雲行きは怪しい。

「どうせ俺はな、寂れた町のしがない蕎麦屋の店主だよ。けどな、そんな俺だって蕎麦打ちの端くれとして毎朝四時に起きて……」

ああもう。蕎麦屋の設定が邪魔すぎる。

ディテールを持ち込まれると話に入りづらいが、「うちは蕎麦屋じゃない」なんて否定もできない。それでは浄演のルールに反してしまう。

「そんなこと言ってお父さん」

碧唯は思い立った。だったら新情報を追加するまで！

「あなただって、若い頃は夢を追っていたじゃありませんか」

「……父さん、それ本当なの？」

隆光が食いついた。

「ま……まあ、そうだったっけな」

麗旺も話を受け入れる。攻守交代、物語を進めるなら今しかない。

「お父さんはね。昔、俳優をやっていたの」碧唯は新たな設定を付け加える。「今より、ずっとカッコよかったねえ」

たとえ現実と異なっても、ここは蕎麦屋の親子の世界。物語は破綻しない。

「おまえ、それは言わない約束だろう」

きまりわるそうな麗旺に対して、

「いいじゃない、隠しごとは無し。フェアにいきましょう」

と、和やかな雰囲気にもっていく碧唯。

「お父さんが俳優をやっていたこと、実は隆光も知っていたのよね？」

隆光の肩に手を乗せて、決定的な言葉を告げる。

「ど、どうして知っているんだ？」

狼狽える麗旺。ちゃんと合わせてくれた。

「それは……」

口ごもる隆光に、

「うちのリビングの、テレビ台の下。今も舞台の記録ビデオがあるじゃない」

碧唯は助け船を出す。狐珀の家でのことを思い出して咄嗟に浮かんだ。

「うん、知ってたよ」

隆光は首を縦に振る。

「あのビデオを観て、僕は俳優に憧れたんだ」

隆光が「ポスト実田塚」と呼ばれる理由。

それは顔が似ているだけでなく、演技の癖もそっくりだから。

「きっとお父さんみたいに、素敵な役者さんになりたかったのねえ」

言いながら、私も同じだと碧唯は胸が詰まる。

セリフの音。身体の動き。表情の作り方。この一年間、何度も幾度も、優木悠理子の演技を見ては真似してみた。

だって憧れだから。尊敬する俳優に少しだって近づきたいから。

「俺みたいになりたい、ってか」

怒鳴ってばかりだった麗旺が、むず痒そうな表情を浮かべる。

「気持ちはありがたいが、俺は引退した身だ。憧れても真似はするな」

「父さん」

「役者を名乗るんなら、俺ではなく客を見ろ」

面と向かって麗旺が告げる。

昨夜のファミレスでも同じことを言った。麗旺は即興劇を通じて、隆光に何かを伝えたいようだ。

「客を、見る……？」

隆光はまだ、意味するところを掴みかねている。

碧唯は客席を見た。実際に目をやった。依然として彼女がいる。まるで瞬きの仕方を忘れたかのように、隆光を見守る。碧唯は演技に没頭するあまり、彼女の存在を忘れかけていた。こうして麗旺や隆光とセリフを交わす間も、ずっと見てくれていたのに。物語の登場人物に寄り添ってくれているのに。

「隆光」

碧唯は、麗旺の言葉を受け継いだ。

「自分がどうなりたいか、そんなことは考えなくていいの」

優しく、我が子に諭す。たまらなく隆光が愛おしく感じる。

「役者さんってのは、お母さんよくわからないけれど、人に見られるお仕事だろう？」

「そう、だよ……」

あえて隆光の急所に踏み込んだ。碧唯は続ける。

「大事なのは、自分がどう見られるかじゃない。見てくれた人に楽しんでもらえるかどうか……違うかい？」

隆光に問いながら、碧唯自身にも染みわたる。

演技がしたい。出演したい。そんな自分の気持ちが先だって、観客のことは置き去りになっていた。

この即興劇は誰のためにあるのか。

決まっている。客席に座る彼女のため。

彼女の想いを掬い、ともに物語るため。

「母さんの言う通りだな」

麗旺が頷いた。

「蕎麦屋だって、ただ蕎麦を作りたいわけじゃねえ。目の前でうまい、うまいって食ってくれる客のために作ってるんだ。それが最高のやりがいなんだ」

蕎麦屋の親父《おやじ》として、息子に語りかける。

「誰かが喜んでくれるのが嬉しいから、ひとは仕事をするんだよ」

真に迫る、ブレない一貫した役づくり。麗旺は演じる役に対して真摯だった。これもまた、彼の俳優としての実力なのかもしれない。

「誰かが、喜んでくれる……」

隆光は初めて客席に顔を向ける。

六百、七百と並んだ客席、そのすべてを見据える。最前列の彼女と視線が交わったように思えた。言葉がなくとも双方向に気持ちが通じ合う、不思議な時間が流れる。ああ、やっぱり彼女は浄演の共演者だ。

「……自信が、なかった」

隆光は言った。自然とこぼれるように。

「ずっと自信がなかった。二世タレントとして扱われないよう、芸名で隠して、だけど父親の演技を真似する自分がいて、まわりに『そっくりだ』って言われるたびに、嬉しいけど、父さんを超えられないって焦るばかり。この先、役者をやっていけるのか不安で、ひとの目が怖くなって、自分のこともわからなくなった」

腹の底から湧き上がる感情を帯びた、荒木隆光としての本音が紡がれる。

「母さん、父さん。ふたりと話してわかったよ。ちゃんと言わせてほしい」

それでも即興劇は破綻しない。狐珀の決めた場面設定に則《のっと》っている。

「俳優として頑張ってみたい。父さんへの憧れは捨てないけど、僕は僕として、観に来てくれるお客さんのために演じて、お客さんの存在を感じながら、一緒に舞台を作っていける――そんな俳優になりたい」

麗旺や碧唯、それに彼女を通して、この場にいない父・実田塚アキラへと、届けているようだった。

セリフがこんなにも胸を打つのはなぜだろう。相手役との対話によって想いを確かめ、偽りのない心で言葉を探り、わかり合おうとする。だからドラマが生まれる。だから即興劇には嘘がない。

「親子でも、俺とおまえは違う人間だ」

厳かに、それでいて柔らかく、麗旺が言った。

「親が子の生き方を決めつけるのは、よくなかったな」

わるかったと、父親が頭を下げる。

「僕のほうこそごめん。僕のせいで父さんの大事な店の、跡継ぎが……」

「おまえの気持ちはわかった。俳優をやってから蕎麦屋になってもいい。ほかの仕事をしたっていい。今この瞬間にやりたいことを、全力でやればいいんだよ」

空気が和んだ。ステージの上、ここは間違いなく家族の集う居間になる。

「いいこと言うじゃない、お父さん」

「隆光と話してるうちに」頭を掻きながら、「そんな風に思えたんだよ」

「あらあ、それはよかった」

息子をもつ親同士の、飾り気のないやり取りに思えた。

「頑張れ、隆光。応援しているぞ」

「私もよ」

「ありがとう、父さん。母さん」

隆光は快活に笑った。

――……。

澄みきったトーンが、劇場に優しく余韻を残す。

三人の、示し合わせたような沈黙。碧唯もわかっている。今のがラストシーンに相応しい。何を話したところで蛇足になる。これ以上は続けられない。

それなのに。

碧唯は横目で客席を見た。最前列から十列ほど後ろに、狐珀の姿が浮かんでいた。

が、手を叩く予兆は感じられない。

ええと、まだ続けろってこと……？

ぽうと彼女は光っている。姿勢を崩さずに穏やかな微笑みをたたえるが、浄化されず
に居残ったまま。どうすればいいのだろう。浄演のほうが先に終わってしまった。

動いたのは麗旺だった。

「本日はご来場いただきまして誠にありがとうございます！」

父親の役を脱ぎ捨て、俳優・楠麗旺として挨拶する。

「あっ、ありがとうございます！」

慌てて同じ挨拶を重ねながら、前方に立った麗旺の横へと並ぶ。隆光も同様に倣う。

カーテンコールに突入した。

麗旺は慣れたもので、観客へのお礼を元気よく述べていく。

けれど、先延ばしも長くは続かない。

「というわけで、本日は誠にありがとうございましたー！」

「「ありがとうございました！」」

三人揃って深々とお辞儀。拍手の音で顔を上げると、彼女だった。

譜久原の姿も見えており、控えめに手を鳴らすが、その傍らで狐珀は腕を組んだまま。

「これって、裏にハケてもいいのか?」

小声で麗旺が尋ねた。

「わ、わからない……」

物語は終わり、カーテンコールも行った。俳優は退場して楽屋に戻るはず。

「もう何もしゃべることないぞ」

困惑する麗旺は、足が舞台袖に向いていた。

「でも、あの人を置いてはいけない」

碧唯はさらに前に出る。ステージの最前線、崖の前に立つように爪先を揃える。

「おい、それは……」

「わかってる」

勝手に舞台を降りてはいけない。この線を越えたらルール違反、碧唯はペナルティを食らう恐れがある。気を失ったり、憑依《ひょうい》されたり、そんなものでは済まされず、今度こそ命の保証はないかもしれない。

「だけど」

腹は決まった。

自分なりの解釈を信じて、思いきりジャンプ!

碧唯は最前列の客席前に着地する。両足で踏みしめる。大丈夫だ。黄泉の国に引きずりこまれてはいない。ここは変わらず劇場で、ステージを降りても浄演は続いている。ステージだけが劇場ではないと、前に狐珀が言った通りだ。共演者の彼女が客席にいるのだから、劇場空間すべてが「舞台」という認識で正しかった。

「ふたりとも、ほら早くっ！」

後ろを見上げて、隆光と麗旺を呼んだ。

「何するんだ？」

「決まってるでしょ。お客さんのお見送り！」

言うと、隆光が動いた。一足飛びで碧唯のもとへ。麗旺もすぐに続いた。

三人と対峙した彼女は、拍手をしながら、ゆっくりと座席から立ち上がる。

さっきまでの鋭い視線からは想像もつかないほど、おっとりした眼差しだった。キラキラと瞳は輝いて、頬にさす赤みが彼女の興奮を伝えている。とても死者とは思えない。

「あの」

隆光が彼女の前に出る。「観に来てくれてありがとうございます」

「とても……面白かったです」

控えめな声に、熱がにじむ。

「今日の演技がいちばん素敵でした」

彼女の感想に「嬉しいです」と、隆光がはにかんでから、

「実田塚アキラの、ファンの方ですよね」

そう彼女に尋ねた。

「違っていたらごめんなさい。何となく、そんな気がして……」

彼女は返事をする代わりに、噛みしめるようにして頷いた。

隆光も浄演を通して、彼女の想いに触れたのかもしれない。

「荒木隆光と言います。俳優をやっていて、その……僕は、実田塚アキラの息子なんです」

彼女は驚くわけでも、怒るわけでもなく、ただ、語られた真実を心に刻むように、胸元へと手を寄せた。色褪せた紙片を握りしめながら。

「そのチケット……」

尋ねながら、碧唯は胸が苦しくなる。

「とても、とても」ゆっくりと彼女は唇を動かして、「大切なものです」

俯きがちの彼女に、何と返していいかわからない。

「教えていただけませんか？」

わからないけど、碧唯は言った。「私たちは、あなたの物語も知りたいんです」

語られて初めてわかることがある。分かち合えることがある。そう思った。

「うまく話せるか、自信はありませんが」

顔を上げて彼女は切り出す。

「あの日――」

そうして述べられたのは、彼女自身の独白。

凛《りん》とした長台詞だった。

「あの日は都内で仕事が終わって、開演時間に間に合うかギリギリでした。頑張って取った公演初日のS席チケットは、最前列のセンター。絶対に無駄にしたくありません。帰宅ラッシュの電車内で私は機嫌がわるかった。上司のミスが原因で、私が残業になって、急いで会社を飛び出したけど、焦ったところで電車の速度は変わらない。こちらの駅に着いたら雨まで降っていて、折り畳み傘を差して走りました。風も強かったです。

実田塚アキラ、と書かれた幟がバタバタとたなびくのを見て、頭が火照っていった。早く行かなきゃ。開演まであと五分か、四分。遅れたくない。一秒だって見逃したくない。とにかく想創ホールを目指して私は走って、横断歩道をわたるとき、右半身に強い衝撃を受けました。

身体が宙に浮いている。傘で隠れていた信号機の色は……赤でした。公園の先に劇場がみえて、それが最期。地面に叩きつけられる前に意識がなくなりました」

上向きに、遠い目をして滔々《とうとう》と語る。

「目を覚ましたときも、交差点でした。両親と弟が立っていました。弟は姿勢を屈《かが》めて、私の足元にお花を置いた。両目が真っ赤に腫れている。私は死んだことを知りました」

碧唯にも情景が浮かぶ。

待ち焦がれたものを前にして、残酷すぎる、命の幕切れ――。

「その日も雨が降っていました。チケットは、母がガードレールの下に貼ってくれたものです。私はチケットと一緒に、劇場の外に留まりました。不思議だったのは、交差点に立ったまま目を凝らすと、公園の先に建つ、劇場のなかのステージまで見透《みとお》せたんです。けれども……」

彼女は一度、言葉を区切り、

「残念なことに、上演されていたのは知らない演目。アキラさんの公演はとっくに終わっていました」

「あんなに、遠くから……」

碧唯は思い描く。交差点に佇み、劇場を眺めるその姿を。

劇場外からステージを見透した彼女の視線は、想いの強さを物語っていた。

「すごいなあ。タダで芝居が見放題じゃん……いてっ！」

余計なことを呟いた麗旺を、碧唯が背中をつねって黙らせる。

「申し訳ないとは思いつつ、どこにも行けませんし、いろんなお芝居を立ち見させていただきました。もうどれくらい経ったのでしょう、私にもわかりません。アキラさんのお芝居を最期に観られたら、心置きなく、この場所から立ち去れるのに……何度も、そう願いました」

「父は、引退しました。ご承知の通り」

隆光は悔しげに言う。

「わかっています。だけど、私のなかでは終われなかった……たとえ死んだって」

ずっしりと、鉛のように重たい言葉だった。

「父は完璧主義だったんです。身体を鍛え、食事管理を徹底し、俳優業に打ち込んでいました。それでも体力の衰えを感じたようで、最高のパフォーマンスができないならやめると、引退の道を選びました」

隆光は、納得してもらえる言葉を探しているようだった。

だけど彼女は、

「アキラさんらしい」

と、儚げに返すのみ。お互いの気持ちが至近距離でわずかに擦れ合っている。

「あなたは」

碧唯も探した。彼女の想いを解きほぐす、その糸口を。

「あなたは隆光くんのお芝居も、交差点から観られていたんですよね」

「ええ、そうよ」

「観ながら実田塚アキラさんのことを、思い出しましたか?」

言うと、彼女は隆光を見据えた。

隆光は目を逸らさない。真っすぐに受けとめている。

「正直に話せば」

彼女は申し訳なさそうに、「動きの癖だったり、セリフの言い回しで、アキラさんの姿が蘇って仕方なかった。でも、演技がうまくいっていないみたいで、アキラさんならもっとできる、アキラさんならもっとすごいと、そんな風に思ってしまったのは事実です」

だけど、と彼女は続ける。

「今日は違いました。父親に憧れながら、自分だけの人生を歩もうと決心する様を見ているうちに、アキラさんのことは頭から離れていました。荒木さんをはじめ、皆さんのお芝居を夢中になって、観ることができました」

彼女には伝わっていた。物語を通して、隆光の想いが。

「ありがとうございます。そして……ごめんなさい」

隆光が言った。その肩は震えている。

「僕はずっと、あなたの視線から逃げていました。酷い演技を見せてしまいました」

両の拳をギリギリと握りしめる。その横顔に歪みが刻みこまれる。

「謝るのはこちらですよ」

彼女は穏やかなトーンで、「勝手にアキラさんを重ねて怖がらせちゃった。ほら観客って、ご贔屓《ひいき》のことになると……目を逸らせないから」

手のひらを口に当てて、上品に笑う様子に、隆光もほっと息を漏らした。

隆光は誰かに狙われていたわけでも、睨まれていたわけでもない。

ただ純粋に、「熱い視線」を浴びていたのだ。

「僕は、父の演技を真似していました」

空気の流れが変わる。今度は隆光の番だった。

「だからあなたの視線に怯えてしまったのだと、今ならわかります。僕は僕であって父ではない。ようやく気づけました。これからは、自分の心に従って、自分だけの演技を磨いていきます！」

「先ほどのお芝居を拝見して、私にもわかりましたよ」

彼女は何度も頷いたあとで、

「あなたはアキラさんではなく、荒木隆光さんという俳優です」

強張った隆光の身体から、力が抜けていく。

気丈に笑って、頑張ります、とだけ答えた。

「はあー。引退公演、観たかったなあ」

彼女はチケットを正面に掲げて、破るそぶりをみせてから、やはり両手で愛おしげに握りしめる。

「残念、でしたね……」

碧唯は言った。何が変わるわけでもないと承知の上で、それでも言葉がこぼれ落ちる。

「そういうものですから、お芝居って」

だけど、彼女の顔つきは晴れていた。

「舞台観劇は一期一会。アキラさんの公演が観られなかったから、今日、荒木さんの演技が観られたんです」

「父に、あなたの言葉を伝えさせてください」

隆光は目を潤ませながら言った。

「よろしいの？」

「はい。あなたに出会えたことを、僕も父に伝えたい」

「それじゃあ、最後のファンレターを」

彼女はそう笑ってから、

「アキラさん、今まで本当にお疲れさま。あなたの演技にたくさん元気をもらいました。これからの長い人生、どうか健やかにお楽しみください。アキラさんを応援できて、私の人生はとても——幸せでした」

隆光は一言、一言をしっかりと、聞いていた。

「久しぶりに、実家に帰ろうと思います。必ず伝えますから」

「嬉しい」

彼女の存在感がふいに薄まる。碧唯にはわかる。想いは浄化されたのだ。

「待って」

隆光も勘がはたらいたのだろう。

「お名前を教えてください。父にそれも……！」

早口で追いすがると、彼女は柔和な表情をたたえたまま、

「ファンより」

とだけ名乗った。

……ああ、終わった。幕が下りるのを実感したとき、碧唯は不思議な光景に包まれた。

ステージを囲んだ客席のすべてを、観客が埋めつくしている。

女のひと。男のひと。若いひと。ご年配のひと。子どもまで。

いるはずのない人たちの笑顔。聞こえるはずのない拍手喝采。

みんな笑っている。幻だろうか。だけど押し寄せた熱量は、碧唯を芯から温めていく。

遠くで、ことさら美しい拍手が一度だけ鳴った。

眩しい。

ゆっくりと瞼を開けると、ステージと客席のあいだに立っていた。

スタンディングオベーションは露と消え、寂しげな空席が広がるばかり。目の前の座席に触れてみる。まだ温かい。

「面白い試みだった！」

譜久原が声を飛ばした。

「暗くて姿が見えない分、セリフや物音からイメージが膨らんでいく」

そう評してから、「いい演出だ」と真横を見上げる。狐珀は控えめに頷きを返した。

「これより、結果を伝える」

譜久原が立ち上がり、碧唯たちのもとに降りてくる。

そうだった。まだ隆光と麗旺、ふたりのオーディションが残っていた。

譜久原は碧唯たちの前で足をとめる。再び緊張が高まる。

「――楠麗旺」

淡々と、その名が呼ばれた。

気が抜けていく碧唯。そんな……あんなに隆光は頑張ったのに！

「はい」

麗旺が向くと、譜久原はポンと肩を叩いて、

「良い役者だな」

「あざますっ！」

「この次の芝居に、おまえをねじ込む」

「……はい⁉」

驚いたのは碧唯だった。当の麗旺は、「よろしくお願いしまーす」と涼しい顔つき。

「荒木隆光」

名前を告げながら、譜久原は隆光に面する。

「譜久原さん、あの……」

隆光の目はまだ虚ろだ。浄演が終わったばかりで、朦朧《もうろう》としているらしい。

「知らんかったよ。おまえの親父が、まさか実田塚だったなんて」

「黙っていてすみません」

「アキラの引退公演は俺が演出を担当した。最後に相応しい、からっとした芝居だったよ」

「観ました」

隆光の声が明快さを取り戻す。

「あの舞台を観て、僕は役者になろうと決めたんです」

譜久原は口をもぐもぐさせてから、「ポスト実田塚だなんて、言うもんじゃねえな」と返した。

「いや、言い出したのは俺じゃねえが、俺はもう二度と言わん。俺自身も、どこかでアキラを重ね合わせていた。だが今のエチュードは紛れもない荒木隆光の芝居だ」

「ありがとうございます」

「今日の稽古から復帰しろ。もうビクビクするんじゃないぞ」

譜久原はそう言い残して、上手の前扉から出ていった。

「ふうー。なんとかおさまりましたね」

浄演は成功し、キャスト変更もなくなった。一件落着といっていい。

「お世話になりました」

隆光は狐珀に頭を下げて、碧唯と麗旺にも礼を述べる。

「あの人に、救われた気がします」

空席となった最前列のセンターを見つめる。よかった。彼女のことは記憶している。

「いろいろと吹っ切れました。お客さんの視線をしっかりと受け取って、期待に応えられるように頑張ります」

「碧唯ちゃん、なんで泣いてる？」

「えっ、な、泣いてませんって！」

麗旺から身体を背けて、潤んだ瞳を袖で拭う。隆光の面持ちから幼さが消えていた。成長を目の当たりにして、母親役を引きずって感極まったみたい。

「だけど、もったいないよなあ」

羨ましがるように麗旺が、「実田塚アキラの息子って公表すれば、それだけで注目されるのに」

「麗旺さん、浄演から何を学んだんですか」

せっかく偉大な父親から離れて、俳優としてひとり立ちの決意をしたというのに。

「いやいや、俺だって理解してるよ。だけど完全に断ち切る必要はないんじゃない？」

「芸名に」

狐珀が差し挟む。「想いは秘められて、いる」

「芸名って隆光くんの？」

それがどうかしたのだろうか。

「ああ。狐珀さんには気づかれてましたか」

隆光は悪戯がばれたような顔つきで、「親の七光りはイヤで、実田塚の姓を名乗りませんでしたけど、引退した父からこっそり受け継ぎたくて、『みたつかあきら』を組み替えました」

「んん、どういう……あーっ、本当だ！」

みたつかあきら。あらきたかみつ。ひらがなの並び替えが脳内で完成する。

「こういうの何だっけ、アナ、アナリスト？」

「アナグラムな」

珍しく麗旺に突っ込まれた。

「荒木隆光という名前を、僕は大切にします」

隆光の声が真面目さを取り戻し、

「麗旺、改めて言わせてほしい。本当にありがとう」

「何が？　浄演の礼ならさっき聞いたよ」

「一緒にエチュードをやってわかった。僕に役者としての覚悟を決めさせたくて、わざと役を奪ったんだろ」

「ええっ、そうなの!?」

碧唯の大声で、鬱陶しそうに耳を塞ぐ麗旺。

そんな。芝居は昨日からはじまっていたというのか。

碧唯が窺っていると、麗旺は「そんなわけないじゃん」と鼻であしらった。

「俺は仕事に対して貪欲なの。ほら隆光、さっさと稽古の準備しろよ」

照れが見え隠れする麗旺。そんな心の機微を捉えられたのは、二度も浄演をともにしたからだろう。

隆光は深々とお辞儀をして、譜久原の出ていった扉に続いた。

「……そうなの？」

碧唯がしつこく尋ねるも、麗旺は聞こえないふり。謝らなければと思ったが、

「あーあ浄演って疲れるね。裏でタバコ吸ってきますわ」

軽快に客席階段を上がりはじめる。

「麗旺さん、喫煙者だったんですね」

「そりゃ演劇人の九割はヤニ中毒よ」

「絶対偏見だし、古くないですか⁉」

思わず突っ込む。やはり麗旺に対してはツッコミ担当のほうがしっくりくる。

なんてことを思っているうちに、劇場内は碧唯と狐珀のふたりになっていた。

「終わりましたね」

何となく、話したくて狐珀に声をかける。

「今回はペナルティがなくてよかったです」

「カーテンコールの、その先」

「え？」

「その先に物語があると、よくぞ気づいた」

「いっ、いえ。客席に共演者がいるんだから、ステージを降りようが、お客さんと話そうが、大丈夫だって思えたんです！」

何が起こるかわからないなかで、直感で進むことができた。

すべては、狐珀の「演出」を信じられたから。

俳優が好き勝手にアドリブで演じたはずなのに、彼の意図は行き届いていた。狐珀には物語の全容も、解決方法も、見えていたのだろう。すべてわかった上で場面設定や配役を行った。碧唯たちが心のままに演じれば、自《おの》ずと終幕へと辿り着けるように。

どうりで、多くを語らないわけだ。

最初から答えを教えないのは、与えられたセリフではなく、一人ひとりの演者から生まれる言葉を大切にしたいから。その場で相手役と向きあい、俳優自身に言葉を探させるのは、誰かの書いた台本ではない、気持ちが動いたことで発せられる言葉にこそ、想いが宿るから。

胡桃沢狐珀は、俳優を信じている。

信じて託してくれている。そう思えた碧唯だった。

「狐珀さん。浄演って、何なんですか？」

それは、初めて出会ったときに尋ねたこと。

「演劇はＰＬＡＹ」

背を向けたまま狐珀は言った。

「Rに変えるとPRAY、祈りとなる」

「プレイって、何の話……あ」

碧唯は急いで指輪を外す。

裏に刻印されたのは、PRAYの文字。

「偶然と考えるか、表裏一体と考えるか。演技の持つ、祝祭、祈りの本質に迫りたい」

祈り――。

「狐珀さんが浄演を続けるのは」

彼の邸宅で聞いた、声を思い出す。

「想いを、掬いたいひとがいるんですね？」

狐珀が振り返る。長い髪が大きくなびく。前髪から覗くその瞳は、いつになく澄んでいる。

「私、さっき見たんです。満席のお客さんが拍手をくれました」

「わかるか」

「はい」

「やはり、共感の才がある」

共感と狐珀は言った。今ならわかる。碧唯に霊感など備わっていない。あるとすれば、少しだけ相手の気持ちを汲む力。それを狐珀は——才能と呼んでくれた。

「劇場は想いが集まるところ。死者が面白がって見物に訪れることも、あるだろう」

「生きてる人間で満員御礼のときなら、幽霊の立ち見がいっぱい現れそうですね！」

ずらりと最後列に並んで拍手をおくる死者たち。不思議と恐ろしくはなかった。きっとそれは、いい芝居ができた証なのだから。死者の心すらも動かせるほどの、女優に近づけたということだから。

「狐珀さん。浄演に必要なとき、また呼んでください」

演劇とは祈り。狐珀は祈り続けている。想いを抱えて死んだ人のために。

「役者として、勉強させてもらいます！」

浄演を続けることで何かが摑めると思った。生きているか、死んでいるか、そんなの問題じゃない。ひとの想いを言葉に託し、全身で表現するのが俳優の仕事なら、死者に想いが伝わるほどの演技ができたとき、多くの観客の心を震わす役者になれるはず。女優として大きく成長できるはず。

「頼りに、している」

胸元から狐珀が取り出したのは、紅白のポチ袋。

「何ですかこれ？」

大入り、と書かれた袋を開いてみる。折り畳まれた紙幣が一枚。顔が半分の、福沢諭《ふくざわゆ》吉《きち》と目が合った。

「薄謝」

「ちゃ、ちゃんとしはじめた！」

碧唯はありがたく頂戴した。ギャラをもらえるなんて予想外だった。

――その程度で喜ばれては困りますよ。

水を差す声が、耳の後ろから聞こえる。

――俳優業で稼げるようになってください。あとマネージャーの取り分として二十%、本日ですと二千円はわたしがいただきます。

「幽霊のくせに何に使うんですか？」

――観たい映画があるんです。きみがチケットを買ってわたしを連れて行ってください。

「すごい……死んでも娯楽を楽しみたいんですね」

背後霊と話していると、狐珀が「くふっ」と吹き出した。ふたりで劇場をあとにする。

晴れわたっていた。

初めて、想創ホールの上に広がる青空を見た。大きく息を吸う。気持ちがいい。劇場から出たときに吸い込む一息が、碧唯は好きになっている。

緑豊かな公園の敷地を抜け、交差点で足をとめた。信号は赤だった。

ガードレールの下。昨夜よりも花束が瑞々しい。雨は上がったのに、その純白の花弁は涙のように濡れている。

穏やかな雲の流れのなか、信号が青に変わる。

狐珀が先に歩き出す。この世界に馴染まない、真っ黒な後ろ姿。だけど太陽の光に照らされて輝きを纏っている。

温かそうな背中だと、碧唯は思った。

本書は、集英社文庫のために書き下ろされた作品です。

集英社文庫

想《おも》いが幕《まく》を下《お》ろすまで　胡桃沢狐珀《くるみざわこはく》の浄演《じょうえん》

2023年4月25日　第1刷　　定価はカバーに表示してあります。

著　者　松澤《まつざわ》くれは

発行者　樋口尚也

発行所　株式会社　集英社
東京都千代田区一ツ橋2-5-10　〒101-8050
電話　【編集部】03-3230-6095
【読者係】03-3230-6080
【販売部】03-3230-6393(書店専用)

印　刷　株式会社広済堂ネクスト

製　本　株式会社広済堂ネクスト

フォーマットデザイン　アリヤマデザインストア　　マークデザイン　居山浩二

ISBN978-4-08-744519-0 C0193